ECLIPSE

ECLIPSE
Ana Cristina Ribeiro Silva - B.girl Cris e José Ricardo Cardoso - Kico Brown @krisco.eclipse
Coordenação editorial, preparação e revisão: Demetrios dos Santos Ferreira @demetriossf
Produção editorial e diagramação: Toni C. @toni_c_literarua
Tradução: Robert dos Santos Rodrigues e Miriam C. Santana Rodrigues @eh.english
Apoio administrativo: Luciana Karla Pereira Macedo @lucianakarla.macedo

Contatos com os Autores
facebook.com/ciaeclipse
twitter/@CiaEclipseCA
instagram/ciaeclipse
youtube.com/user/contatoeclipsearte
email/contato@eclipse.art.br
www.eclipse.art.br

Contatos com a Editora
face/@literarua
twitter/@literarua_
instagram/@literarua_oficial
youtube/@videoruaproducoes
email/nois@literarua.com.br
www.literaRUA.com.br

Dados Internacionais de Catalogação na Publicação (CIP)

S586	SILVA, Ana Cristina Ribeiro e CARDOSO, José Ricardo
	Eclipse / Autores: Ana Cristina Ribeiro Silva - B.girl Cris e José Ricardo Cardoso ; Coordenação editorial, preparação e revisão : Demetrios dos Santos Ferreira ; Produção editorial e diagramação : Toni C. ; Capa : Toni C. ; Apoio administrativo : Luciana Karla Pereira Macedo - Campinas : Cia Eclipse - LiteraRUA, 2021.
	ISBN: 978-65-86113-13-6
	1. Cultura popular 2. Danças Afrodiaspóricas Estadunidense 3. Hip-Hop 4. Rap 5. Fotos I. Autora. II. Título.
	CDD: 792.62
	CDU: 793.394

LiteraRUA
Av. Deputado Emílio Carlos, 179 - Sala 4 - 1º Andar.
Bairro do Limão - SP. CEP: 02721-000. Tel. +55 (11) 3857-6225 / (11) 97715-4412

ECLIPSE

**1ª Edição
Campinas
2021**

Um fenômeno em movimento

Sumário

Prefácio	**10**
Apresentação	**16**
Cap. 1 – **E**sperança	**25**
Cap. 2 – **C**riação	**39**
Cap. 3 – **L**aboratório	**51**
Cap. 4 – **I**ntercâmbio	**67**
Cap. 5 – **P**rodução	**91**
Cap. 6 – **S**uperação	**111**
Cap. 7 – **E**studo	**129**
Agradecimentos	**146**
Créditos	**150**

Index

Preface — **11**

Presentantion — **17**

*Ch. 1 – Hop**E*** — **25**

*Ch. 2 –   **C**reation* — **39**

*Ch. 3 –   **L**aboratory* — **51**

*Ch. 4 –   **I**nterconnection* — **67**

*Ch. 5 –   **P**roduction* — **91**

*Ch. 6 –   Re**S**ilience* — **111**

*Ch. 7 –   to L**E**arn* — **129**

Our Thanks To — **147**

Credits — **151**

Prefácio

No Brasil, celebrar 20 anos de investigação, formação, criação e performance é para poucos resilientes e competentes artistas, como os da Companhia Eclipse que, se inicialmente era um sonho a ser realizado, transformou-se num percurso significativo e potente, que tem a Cultura Hip-Hop como cerne de seus trabalhos.

Neste livro, os autores curiosamente escolheram o conceito do número 7, que agrega uma simbologia às sete letras da palavra Eclipse. Este é considerado um número mágico por sua simbologia relacionada entre outros a totalidade, consciência, espiritualidade e renovação. Quando soube desta escolha, lembrei de uma referência a respeito, o livro A Ideia do Teatro, escrito na Renascença por Giulio Camillo.

O teatro de Camillo, também conhecido como Teatro das Memórias, possui características únicas. Não obstante existir uma plateia, o público não está nela. Ao contrário, o espectador é o indivíduo que se encontra no palco, e de lá olha para a plateia. Portanto, se não há público, o que existia em seu lugar? Na plateia há imagens de 7 colunas ou portas, que dão início a 7 corredores paralelos, dispostos em uma sequência ascendente. Cada uma das colunas está relacionada a um planeta e uma parte do corpo humano e, portanto, a referência a este número na estrutura teatral não era aleatória. O número 7, conhecido por ser especial e digno de deferência, também está ligado ao conceito de perfeição, sabedoria, aprendizado, reflexão e busca por respostas além daquelas oferecidas.

Preface

In Brazil, celebrating 20 years of research, training, creation and performance is for a few resilient and competent artists, such as those of the Eclipse Company, which, if it was initially a dream to be fulfilled, it has become a significant and powerful path, which that has the Hip-Hop culture at the heart of their work.

In this book, the authors curiously has chosen the concept of the number 7, which brings a symbology to the seven letters of the word Eclipse. This is considered a magic number for its symbology related, among others as totality, consciousness, spirituality and renewal.

When I heard of that choice, I remembered a reference to it, the book called A Ideia do Teatro, written in the Renaissance by Giulio Camillo.

The theatre of Camillo, also known as Teatro das Memorias, has unique characteristics. Even though there is an audience, and the audience itself is not in it. On contrary, the spectator is the individual who stands on stage, and from there looks at the audience. So if there is no audience, what was there instead? In the audience there are images of 7 columns or doors, which start 7 parallel corridors, arranged in an ascending sequence. Each of the columns is related to a planet and a part of the human body, so the reference to this number in the theatrical structure wasn't random. The number 7 is known to be special and worthy of deference, is also linked to the concept of perfection, wisdom, learning, reflection and seeking answers beyond those offered.

Ao trazer o indivíduo/espectador ao centro do palco, Camillo mostra a ele não uma audiência cheia de pessoas, mas um conjunto magnífico de ideias e informações, engenhosamente colocadas na intersecção entre as colunas e corredores. Se comparado a hoje, podemos fazer uma analogia com um computador, metaforicamente o teatro da memória contemporânea. Logo, cabe ao espectador colocado no centro do palco ligar e relacionar as informações num jogo contínuo de imagens e associações, que levam o indivíduo a perceber a profunda ligação entre a natureza, literatura, oralidade, história e memórias.

Este indivíduo na posição central do espaço teatral, liga escolhe e relaciona as informações, ele passa a ser o ponto inicial para acessar o conhecimento, e de chegada dos conteúdos apreendidos. A palavra que pode certamente nomear este trânsito entre um e outro pode ser o autoconhecimento e este favorece a tomada de consciência daquilo que se é e o devir, e a partir deste reconhecimento, há espaço para o desenvolvimento.

As imagens deste livro indicam que os artistas da Cia Eclipse refletem este espectador solitário à semelhança do livro de Camillo, que ao estarem cientes de suas origens e situação sociocultural, buscam na aquisição de conhecimentos uma possibilidade de inserção e desenvolvimento artístico e pessoal sem esquecer as memórias impressas em seus corpos.

Aqui, como em outros lugares, observamos que a Cultura Hip-Hop veio possibilitar uma alternativa para jovens que vivem as adversidades dos ambientes urbanos. Ver estes corpos desafiando a gravidade e brincando enquanto giram de pé ou de cabeça no chão, é uma constatação de que existem sim diferenças entre danças e pessoas, e isto é bom, por ser justamente a diversidade que carrega uma excelente mensagem de esperança.

Parabéns a **Cia Eclipse**!

Drª Julia Ziviani Vitiello
Instituto de Artes da Unicamp

By bringing the individual/spectator to center stage, Camillo shows him not an audience full of people, but a magnificent array of ideas and information, He was ingeniously placed at the intersection between columns and hallways. If that was compared to today, we can make an analogy with a computer, metaphorically the theater of contemporary memory. Therefore, it is up to the spectator placed at the center of the stage to connect and relate information in a continuous game of images and associations, which it leads to the individual to perceive the deep connection between nature, literature, orality, history and memories.

This individual in the central position of the theatrical space, connects, chooses and relates information, he becomes the starting point for accessing knowledge, and the arrival of the contents learned. The word that can certainly name this transit between one and the other can be self-knowledge and this favors the awareness of what one is and what is to come, and from this recognition, there is room for development.

The images in this book indicate that Cia Eclipse's artists reflect this lonely spectator, similarly to Camillo's book, who, they are aware of their origins and sociocultural situation, they seek in the acquisition of knowledge a possibility of insertion and artistic and personal development without forgetting the memories imprinted on their bodies.

Here, as in other places, we observe that the Hip-Hop Culture has made possible an alternative for young people who live the adversities of urban environments. Seeing these bodies defying gravity and playing while they spin standing or head on the ground, is an observation that there are differences between dances and people, and this is good, because it is precisely the diversity that carries an excellent message of hope.

*I congratulate **Cia Eclipse**!*

PhD Julia Ziviani Vitiello
Unicamp Arts Institute

Apresentação

Lua Nova
Foto: EarthSky

Presentantion

New Moon
Photo: EarthSky

E - C - L - I - P - S - E
um   dois   três   quatro   cinco   seis   sete

7 letras para as rimas do MC
7 notas musicais recombinadas pelo DJ
7 dias para a Lua dançar com suas 8 fases
7 cores do arco íris para grafitar o céu

7 capítulos que revelam o conhecimento construído por esta crew e ensinar
7 dias da semana para dançar, treinar, criar, aprender breaking,
7 técnicas de dança: locking, popping, krump
Hip-Hop dance, dance hall, house dance,

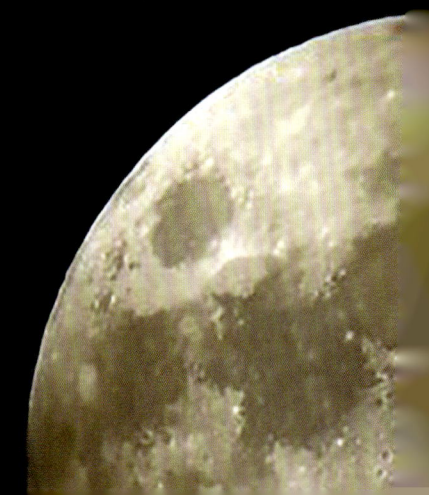

E - C - L - I - P - S - E
one   two   three   four   five   six   seven

7 letters for the MC rhymes.

7 musical notes recombined by the DJ.

7 days for the Moon to dance with its 8 phases.

7 rainbow colors to paint the sky.

7 chapters that reveal the knowledge built by this crew.

7 days a week to dance, train, create, learn and teach.

7 dance techniques: locking, popping, breaking, hip-hop dance, dance hall, house dance, krump; to architect and give voice to our bodies.

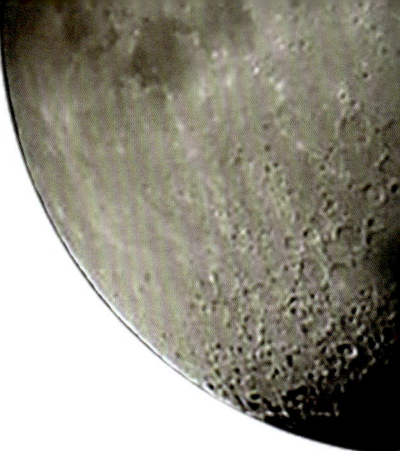

Eclipse Lunar
Foto: BBC

O número 7 é o algarismo que também representa a espiritualidade e a sabedoria universal, sendo marcante na numerologia. É o número da perfeição, que integra o mundo, símbolo da totalidade do Universo em transformação; e o elegemos para narrar a trajetória da Cia Eclipse Cultura e Arte, criada em 2002 na cidade de Campinas (SP) por dois sonhadores-empreendedores.

Assim, inspirados nas 7 maravilhas do mundo, construímos 7 capítulos com registros fotográficos históricos para religar o passado com o presente neste livro arte atemporal.

E por falar em "religar", palavra que tem origem no latim da palavra "re-ligare" (assim como "religião"), lembremos o quanto o número 7 é significativo na Bíblia. Depois de criar o mundo, Deus descansou no sétimo dia e assim, a semana de 7 dias foi adotada pela maioria das civilizações. Também há 7 linhas de Umbanda. Para os Hindus, há 7 centros sutis ou 7 chacras. Este também é o número da plenitude cíclica no hebraico antigo. Segundo as tradições japonesa e tibetana, 7 dias é a duração do estado intermediário entre a vida e a morte. No Alcorão fala-se em 7 sentidos esotéricos.

A Cia Eclipse Cultura e Arte nasceu para ser um fenômeno em movimento e, para o filósofo Hipócrates, o 7 dá vida e movimento. Dessa maneira, mesmo em meio a uma pandemia mundial, continuamos nos movendo, produzindo, estudando, criando, batalhando! E claro, cuidando de si e do próximo. Mas não é de hoje que estes verbos estão em nossa trajetória frequentemente:

Lunar Eclipse
Photo: BBC

The number 7 is the digit that also represents spirituality and universal wisdom, being prominent in numerology. It is the number of perfection, which integrates the world, symbol of the totality of the Universe in transformation; and we elected it to narrate the trajectory of Cia Eclipse Cultura e Arte, created in 2002 in the city of Campinas (SP) by two dream-entrepreneurs.

So, inspired by the 7 wonders of the world, we built 7 chapters with historical photographic records to reconnect the past with the present in this timeless art book.

Speaking of reconnect, "religar" in Portuguese, that comes from the Latin word "re-ligare" (as well as "religion"), let us remember how significant the number 7 is in the Bible. After creating the world, God rested on the seventh day and so the 7-day week was adopted by most civilizations. There are also 7 Umbanda lines. For Hindus there are 7 subtle centers or 7 chakras. This is also the cyclic fullness number in ancient Hebrew. According to Japanese and Tibetan traditions, 7 days is the duration of the intermediate state between life and death. In the Qur'an it is spoken in 7 esoteric senses.

Cia Eclipse Cultura e Arte was born to be a phenomenon in movement and, for the philosopher Hippocrates, the 7 gives life and movement. That way, even in the midst of a worldwide pandemic, we keep moving, producing, studying, creating, fighting! And of course, taking care of yourself and others. But it is not new that these verbs are frequently in our trajectory:

produzir, estudar, criar, batalhar é uma constante na vida deste grupo afro-brasileiro periférico.

Assim, este livro arte marca as comemorações de duas décadas desta história, com imagens que eternizam momentos e trazem uma variedade de emoções acrônicas e de todos os atravessamentos artísticos que experienciamos.

Mas afinal o que é o tempo? Passado, presente, futuro se emaranham nos intercâmbios e conexões da nossa jornada. Imersos na Cultura Hip-Hop, temos segurança para sonhar e buscar outros sonhadores além de nossas fronteiras. Uma rede de amor que fortalece a vida e favorece a sobrevivência através de compartilhamentos de trajetórias, histórias de vidas e trocas que se mesclam nas conexões da diáspora africana.

Cia Eclipse, desde 2002; Família Eclipse, desde 2007. Se fundem e se transmutam em 7 pilares afrodiaspóricos decoloniais. Para apresentar o percurso de inúmeras vidas que se encontram na/pela/através da arte, em um passado não muito distante, se mantêm hoje e almejam um futuro de muita esperança e luz.

Com a energia e vibração do número 7 na perspectiva decolonial, apresentamos nosso nome, nossas letras, que nomeiam os 7 capítulos deste livro que se interrelacionam e se alinham para formar a companhia de dança, a produtora artístico-cultural e a ONG.

Esperança
Criação
Laboratório
Intercâmbio
Produção
Superação
Estudo

Que as imagens aqui eternizadas proporcionem uma viagem especial!
Paz, amor, união, diversão e respeito.

#TamuJuntos #TamoJuntas #TamuJuntes

producing, studying, creating, fighting, they are constant in the life of this peripheral Afro-Brazilian group.

Thus, this art book marks the celebrations of two decades of that history, with images that eternalize moments and bring a variety of achronic emotions and all the artistic crossings we experience.

But what does time really mean after all? Past, present, future are entangled in the exchanges and connections of our journey. Immersed in Hip-Hop Culture, we are confident to dream and seek other dreamers beyond our borders. A network of love that strengthens life and favors survival through sharing trajectories, life stories and exchanges that blend in the connections of the African diaspora.

Cia Eclipse, since 2002; Eclipse family, since 2007. They merged and transmuted into 7 decolonial aphrodiasporic pillars. To present the path of countless lives that find themselves in/to/through art, in the not-too-distant past, they are maintained today and aspire to a future full of hope and light.

Bringing the energy and vibrancy of number 7 in a decolonial perspective, we present our name, our letters, which name the 7 chapters of this book that interrelate and align to form the dance company, the artistic-cultural producer and the NGO.

*hop**E***
* **C**reation*
*   **L**aboratory*
*   **I**nterconnection*
*   **P**roduction*
* re**S**ilience*
* to l**E**arn*

May the images immortalized here provide you a special trip!
Peace, love, unity, fun and respect.

#Wearetogether #Theyaretogether

Cap. 1
Ch.

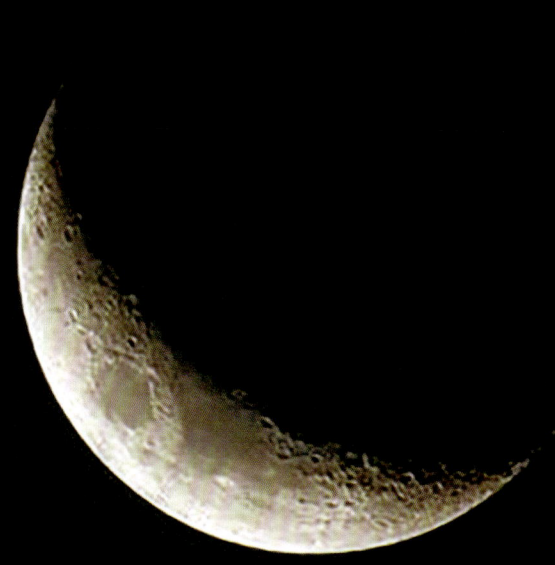

Lua Crescente
Foto: Time and Date

Esperança
*Hop**E***

Esperança

"Um bom lugar se constrói com humildade, é bom lembrar"
Sabotage

#família #crescimento

    Transformação de nossa compreensão em relação à vida, nos tornando unos com o todo. Como alcançar a sabedoria sobre o Universo, sem a sabedoria da convivência em família?
    A ONG Família Eclipse Cultura e Arte iniciou os trabalhos em 2007, e se oficializou institucionalmente em 2011. A Família é representada por uma árvore: Ébano (com a madeira negra), que seria o nome inicial da ONG. O nome foi revisado e a escolha se deu pela relevância da família para os seus criadores, mas mantivemos o símbolo e as características para simbolizar a negritude, a resistência e força desta árvore.

HopE

"A good place is built with humility, it is good to remember"
Sabotage

#family #growth

Transformation of our understanding of life, making us one with the whole. How can we reach the wisdom about the Universe, without the wisdom of living in the family?

The NGO Família Eclipse Cultura e Arte started its work in 2007, and became institutionalized in 2011. The Family is represented by a tree: Ebony (with black wood), which would be the initial name of the NGO. The name was revised and the choice was made due to the relevance of the family to its creators, but we kept the symbol and characteristics to symbolize the blackness and strength of this tree.

35

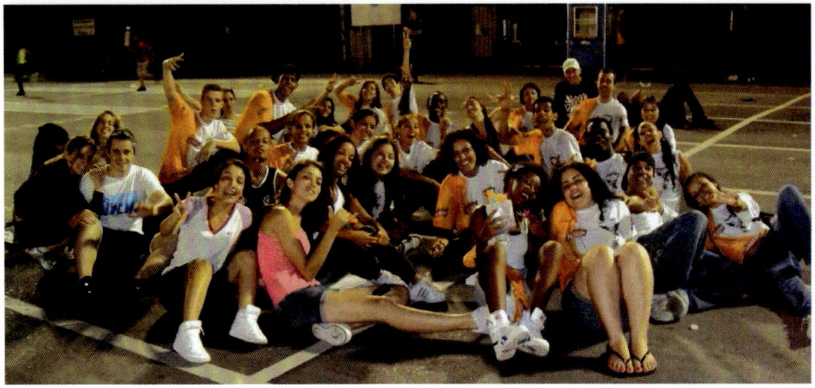

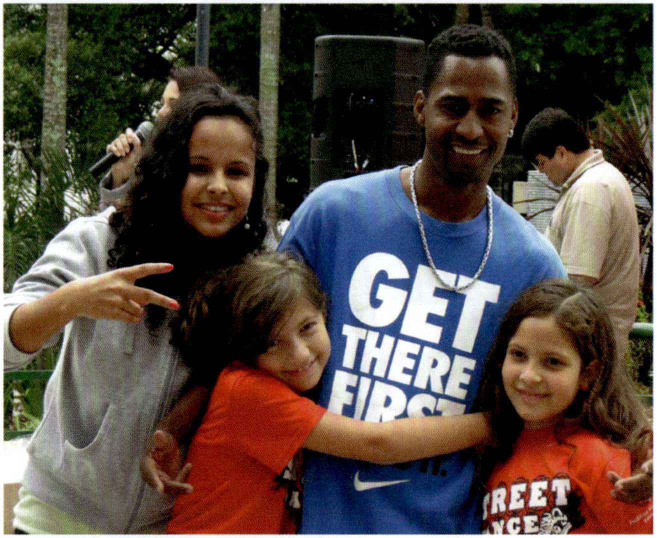
GET
THERE

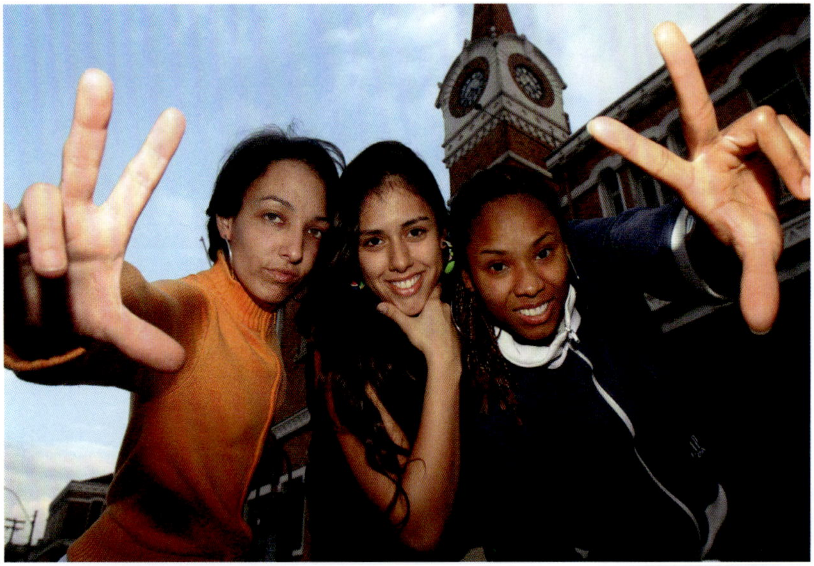

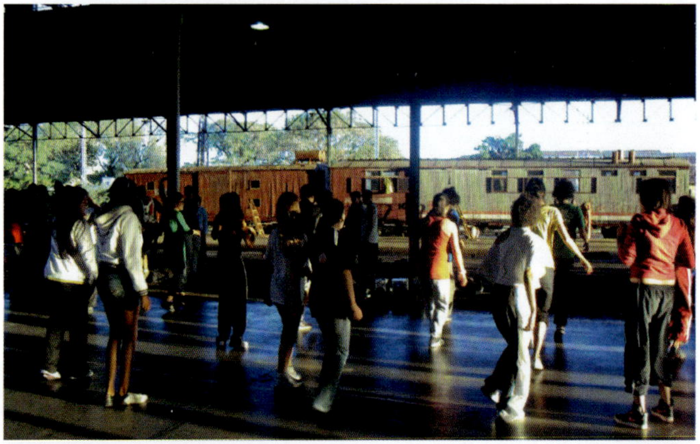

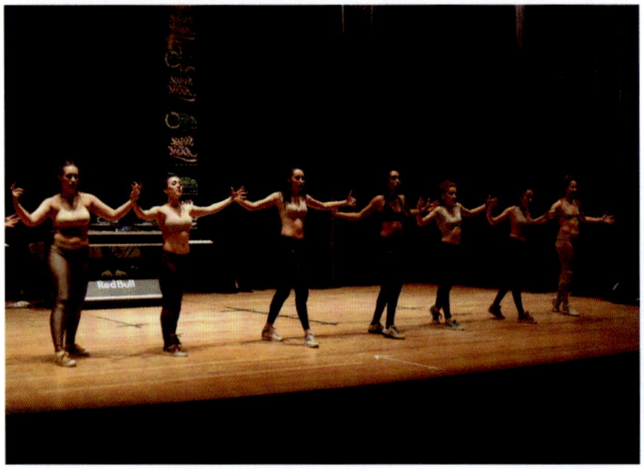

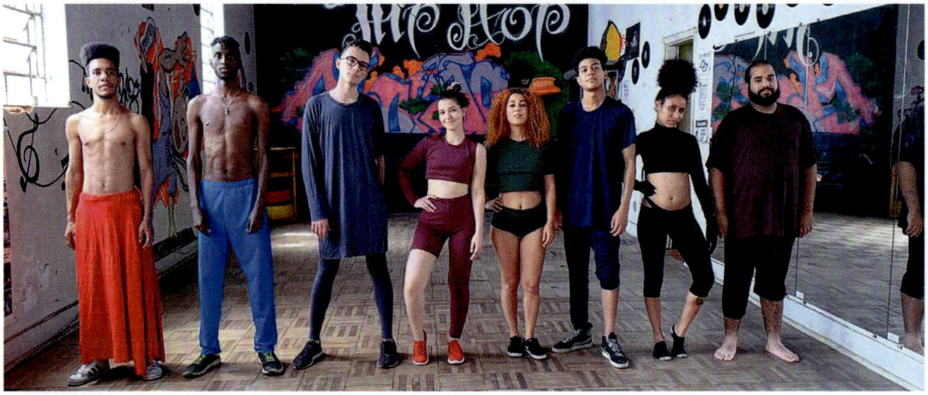

37

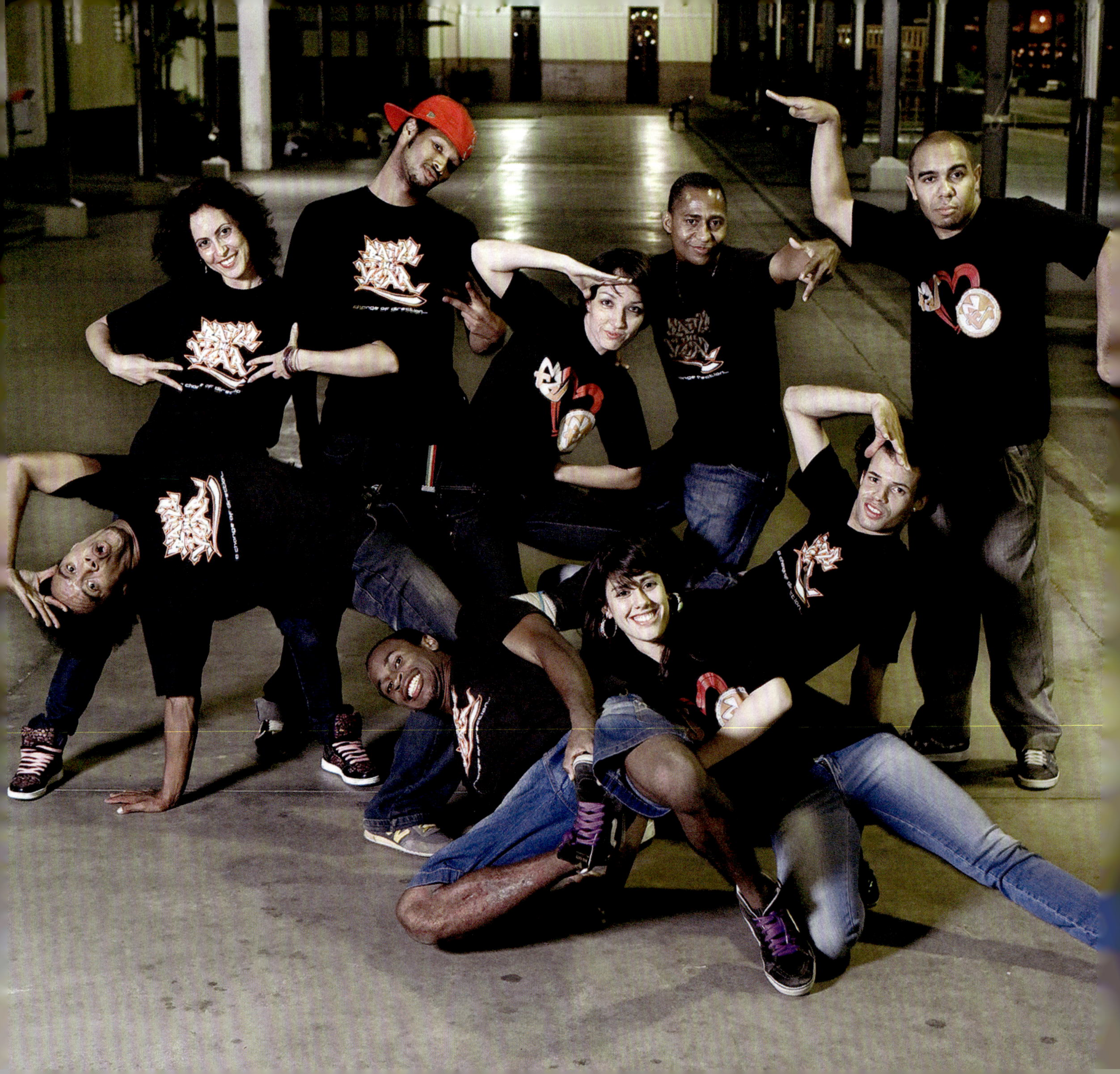

Cap. 2
Ch.

C
Criação
Creation

Lua Quarto Crescente
Foto: Universe Today

Criação

"Só mano firmeza só mano de paz
Nasci aqui, cresci aqui"
Sistema Negro

#gênese #sonhos

Com o cuidado, clareza e intuição, nasce a Cia Eclipse, através de um sonho e um planejamento inicial dos artistas-educadores Kico e Cris, guiados por um fluxo natural e instintivo que conecta pessoas especiais.

A frase de criação: Eclipse, um fenômeno da natureza, Cia Eclipse um fenômeno em movimento. Como metáfora, é a gênese dos nossos trabalhos.

Um primeiro elenco que desbravou, conquistou e construiu sonhos que se perpetuam: o primeiro livro, o primeiro espetáculo, intercâmbios internacionais e a criação da ONG Família Eclipse.

Creation

*"Just bro firmness just bro peace
I was born here, grew up here"*
Sistema Negro

#genesis #dreams

Caring, clarity and intuition, Cia Eclipse was born, through a dream and an initial planning by artist-educators Kico and Cris, guided by a natural and instinctive flow that connects special people.

The creation phrase: Eclipse, a phenomenon of nature, Cia Eclipse a phenomenon in motion. As a metaphor, it is the genesis of our work.

A first cast that pioneered, conquered and built dreams that are perpetuated: the first book, the first show, international exchanges and the creation of the NGO Eclipse Family.

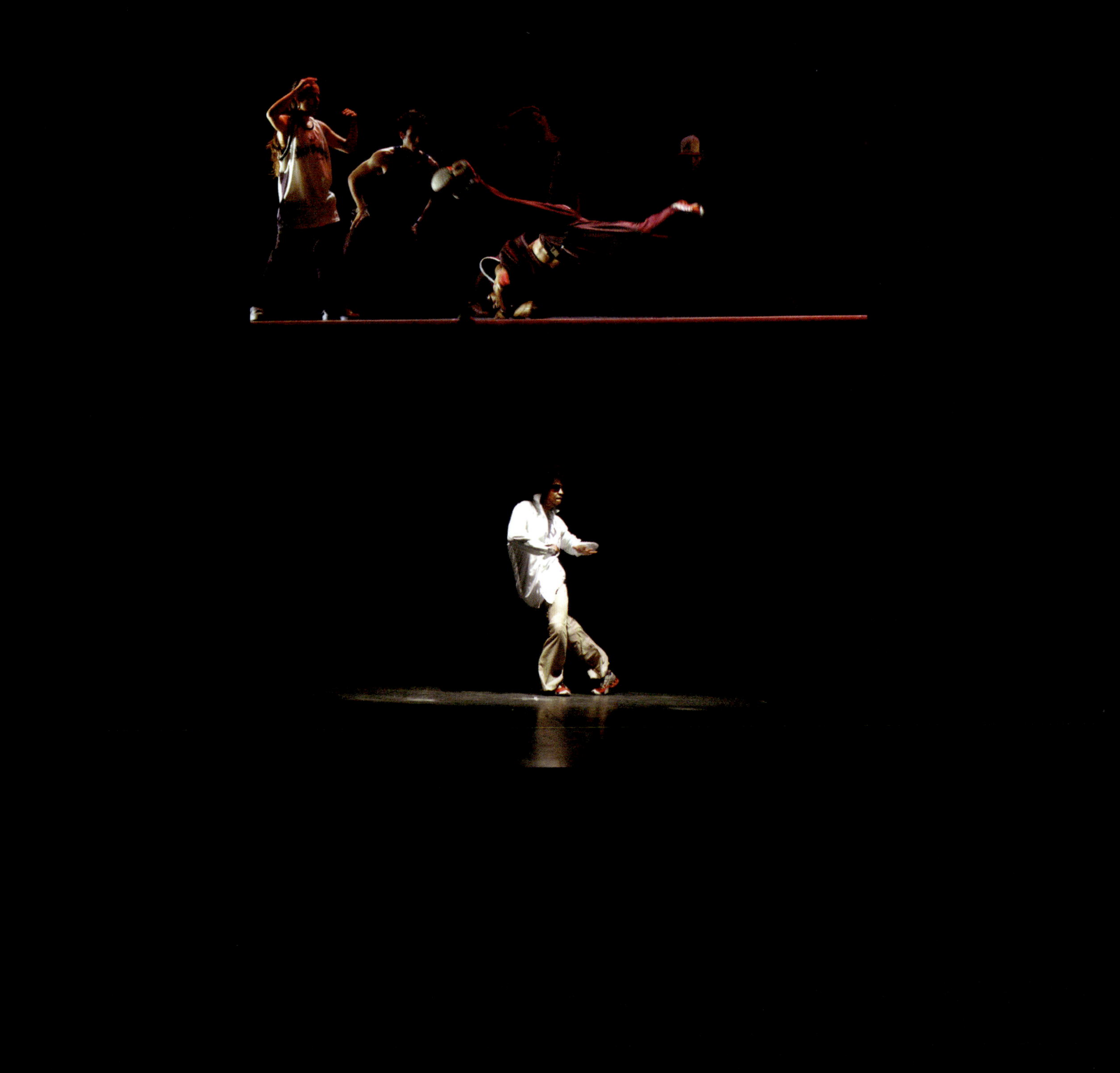

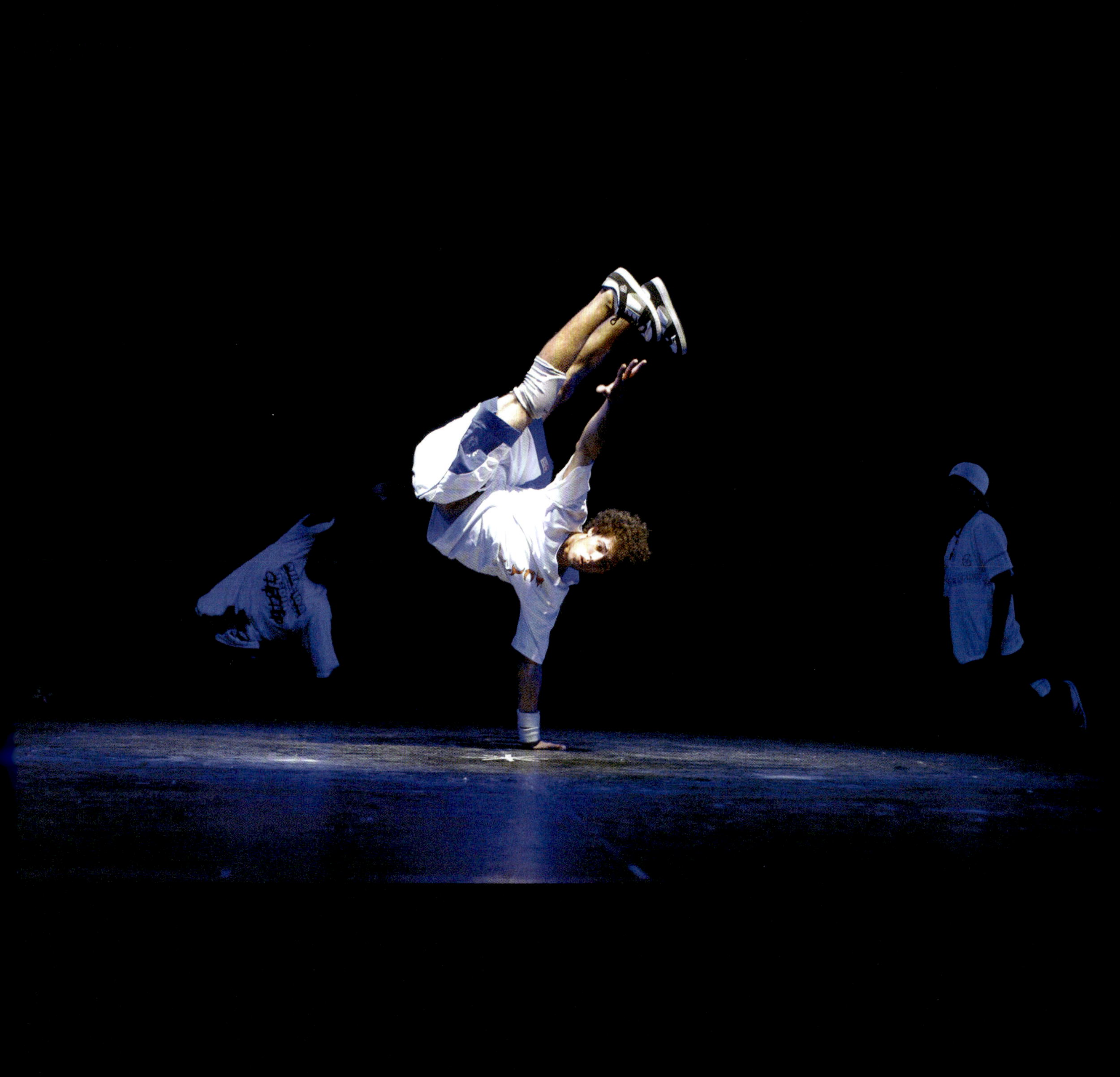

44

45

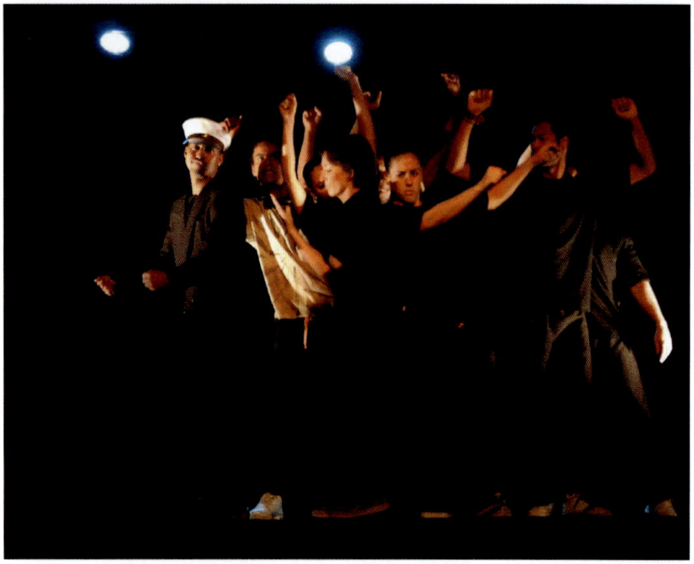

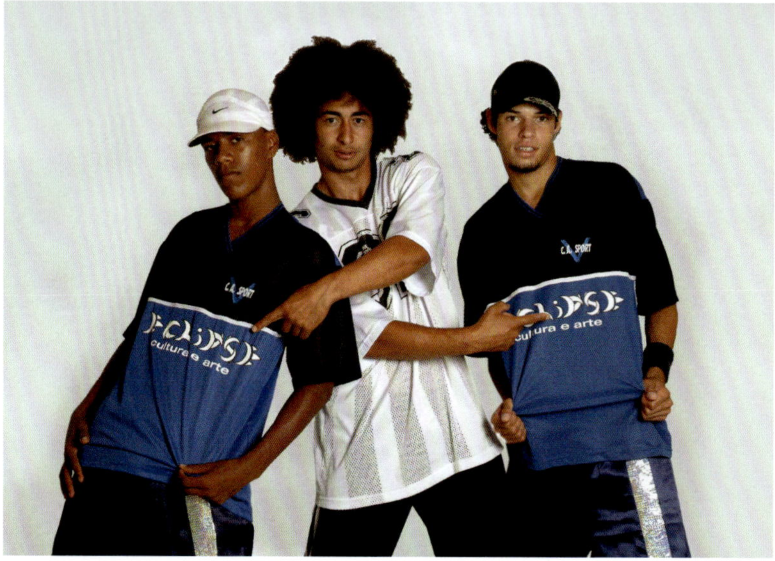
cultura e arte

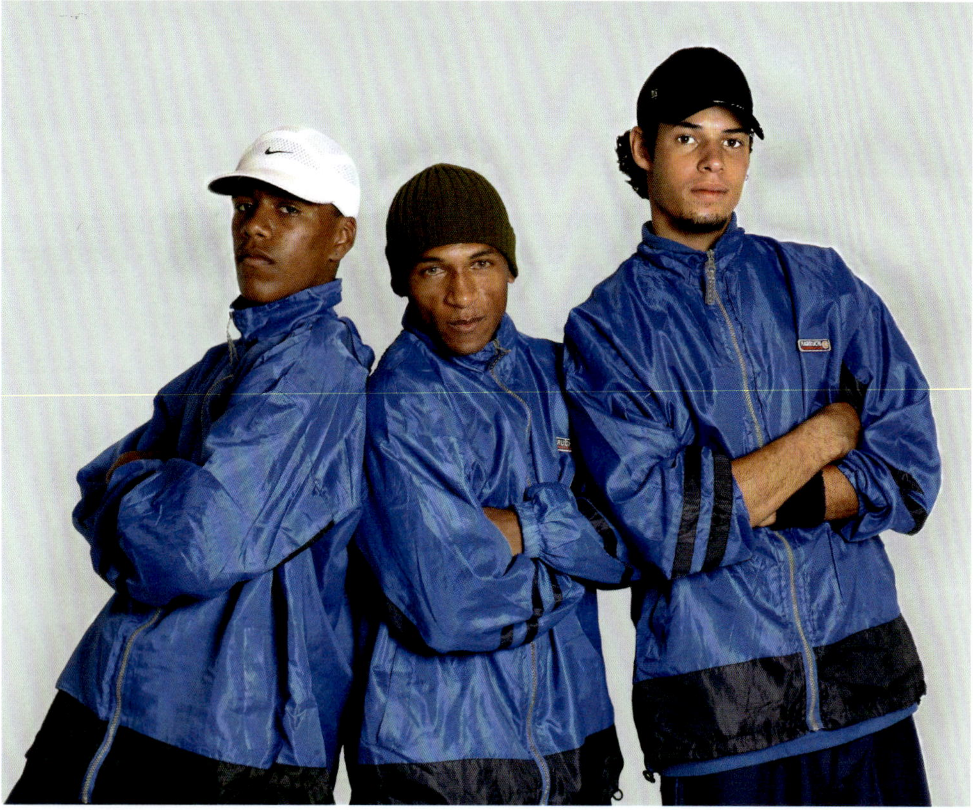

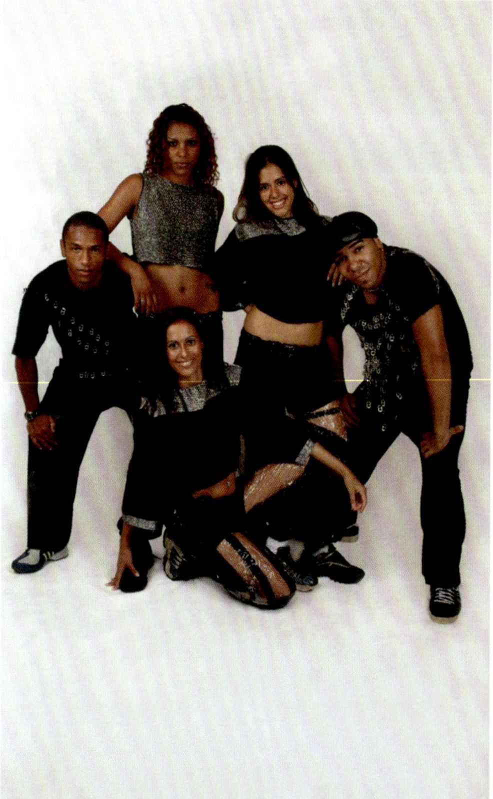

47

48

49

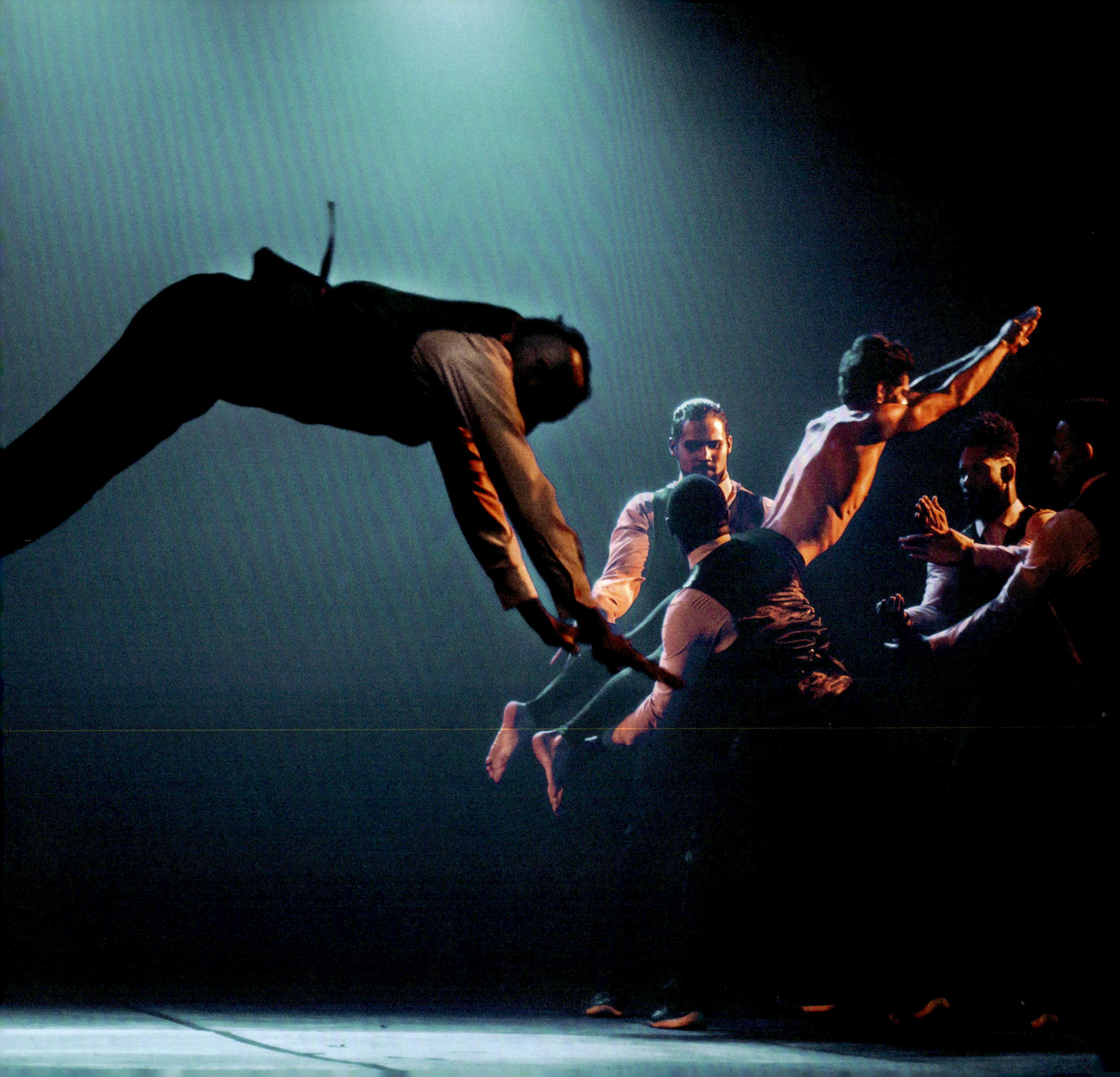

Cap. 3
Ch.

Lua Crescente Convexa
Foto: BBC

L
Laboratório
*L*aboratory

Laboratório

*"Luz e decorações, sorriso amarelo nas ilusões.
Os preto é chave, abram os portões!"*
Rincon Sapiência

#arte #obrasartísticas

Escolhemos este capítulo para apresentar a expressão da nossa arte, seja nos espetáculos ou em outras obras artísticas como intervenções, videodanças, filmes, pocket shows, entre outros. Momento de manifestação e criação na dança, sensibilizando os sentidos e emoções.

As obras artísticas se iniciaram pela pesquisa na própria Cultura Hip-Hop. Nosso primeiro trabalho foi o Dança de Rua e suas Faces de 2006, que segue em nosso repertório até hoje.

Na sequência mergulhamos em nuances artísticas com inspirações das músicas jazz contemporâneo no Impermanência. Homenageamos o maestro Carlos Gomes no Côncavo e Convexo, criamos uma crítica social de dança teatro no Ópera dos Três Reis, denunciamos a violência feminina na intervenção Pele Grita, entre outros.

Destaque para as participações em eventos internacionais como atração artística, através da Fundação Nacional de Artes (Funarte) e Ministério da Cultura, na Copa do Mundo (2014) em Salvador (BA) e nas Olimpíadas Rio 2016 (RJ).

- *Corra*, Festival Internacional Sans Souci de Cinema e Dança de 2019 e 2020, no Brasil e o 12ª Mostra Curta Audiovisual de Campinas (SP);
- *Reminiscência*, 27ª Quinzena de Dança de Almada International Dance Festival de 2019, em Portugal.
- *Fôlego*, International *Screen Dance Festival Freiburg* na Alemanha em 2021; no International Meeting on Video-dance and Video-performance de Valencia, Espanha, em 2020; na Mostra Universitária Ibero-americana de Videodança Midiadança no Ceará, em 2020; no 12º São Carlos Videodance Festival, em São Paulo, 2018.

Laboratory

*"Light and decorations, yellow smile in illusions.
Blacks is key, open the gates!"*
Rincon Sapiência

#art #artworks

We chose this chapter to present the expression of our art, whether in shows or in other artistic works such as interventions, video dances, films, pocket shows, among others. It is a moment of manifestation and creation in dance, sensitizing the senses and emotions.

The artistic works began with research in Hip-Hop Culture itself. Our first work was Street Dance and its Faces from 2006, which is still in our repertoire today.

We then dive into artistic nuances inspired by contemporary jazz music at Impermanência. We pay homage to conductor Carlos Gomes at Côncavo e Convexo, creating a social critique of dance theater at Ópera dos Três Reis, we denounce female violence in the Pele Grita, among others.

Highlighting for the participation in international events as artistic attraction, through the National Foundation of Arts (Funarte) and Ministry of Culture, in the World Cup (2014) in Salvador (BA) and in the Rio 2016 Olympics (RJ).

- *Corra, Sans Souci International Film and Dance Festival of 2019 and 2020, in Brazil, also the 12th Short Audiovisual Festival in Campinas (SP);*
- *Reminiscência, 27th Dance Fortnight of Almada International Dance Festival 2019, in Portugal.*
- *Fôlego, International Screen Dance Festival Freiburg in Germany 2021; at the International Meeting on Video-dance and Video-performance in Valencia, Spain, in 2020; at the Ibero-American University Show of Videodança Midiadança in Ceará, in 2020; at the 12th São Carlos Videodance Festival, in São Paulo, 2018.*

BIENAL SESC DE DANÇA

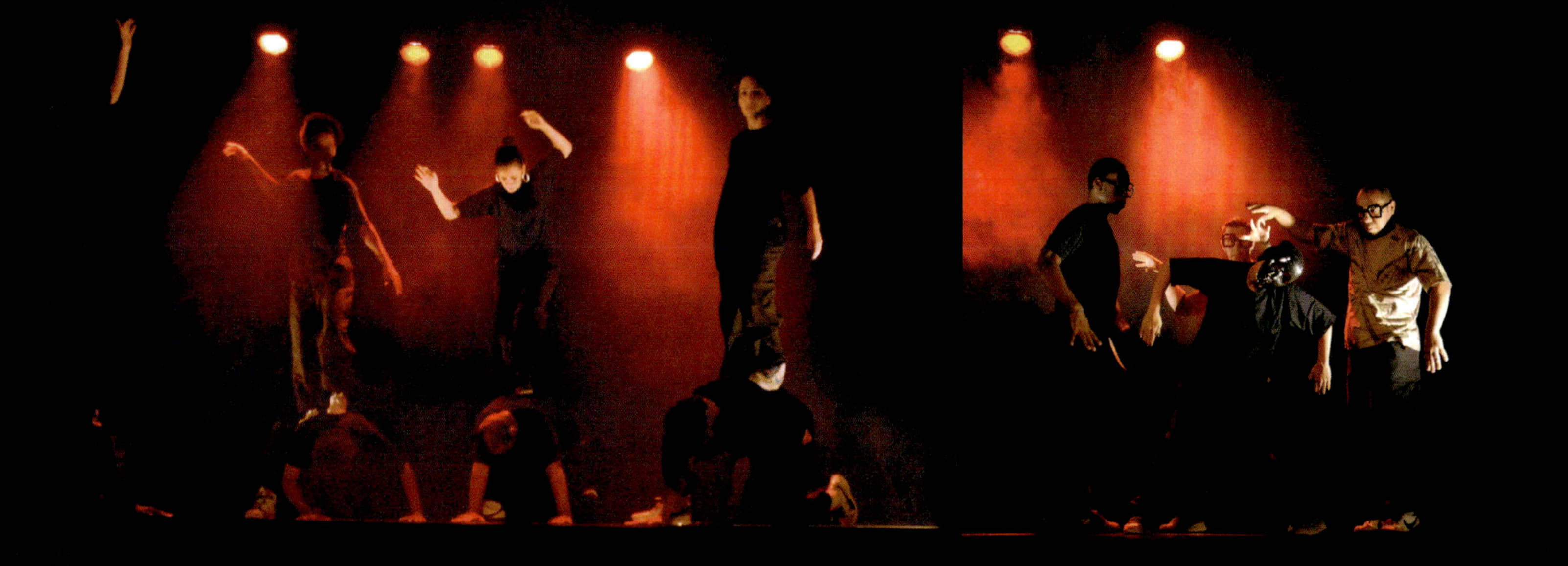

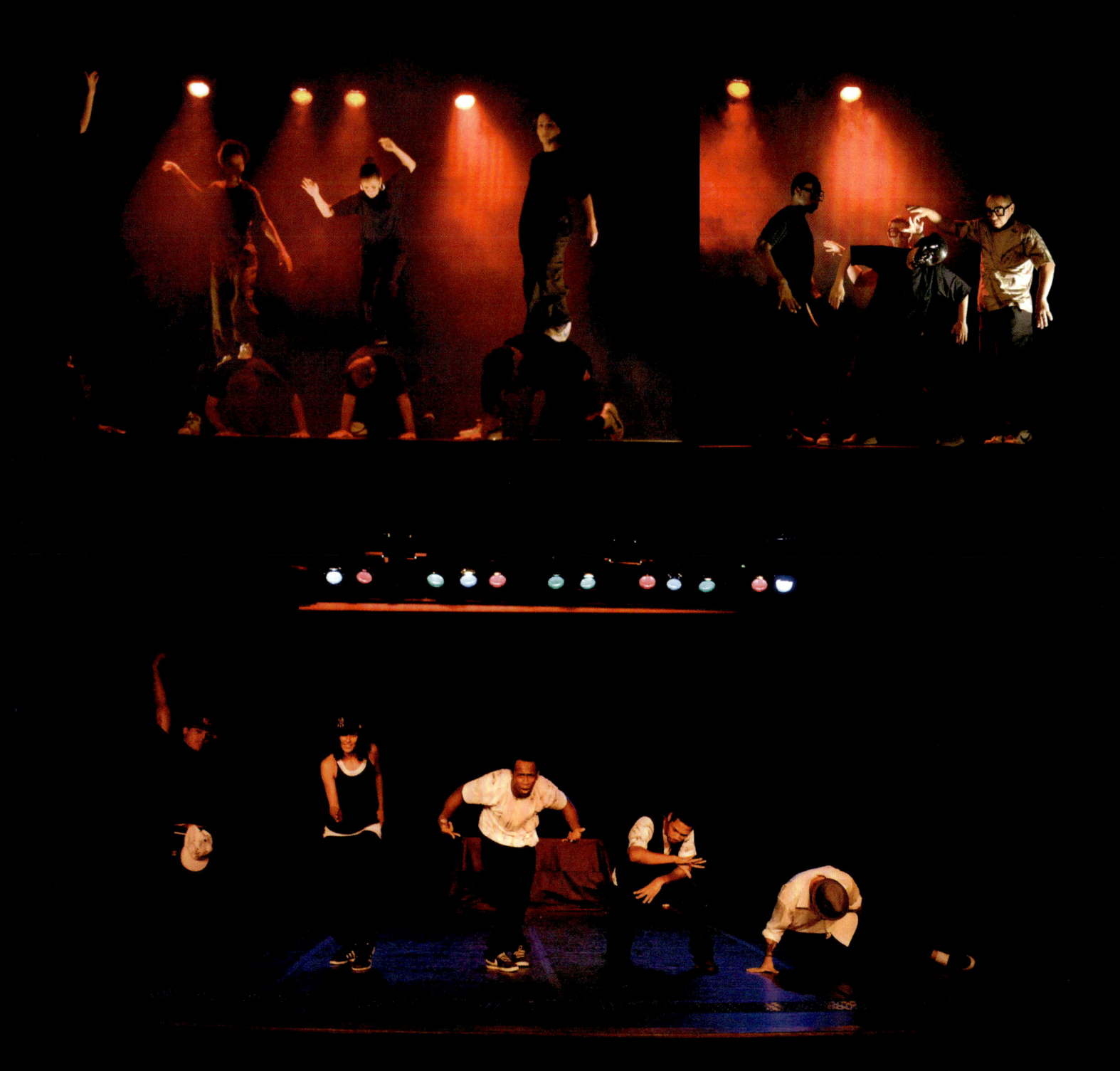

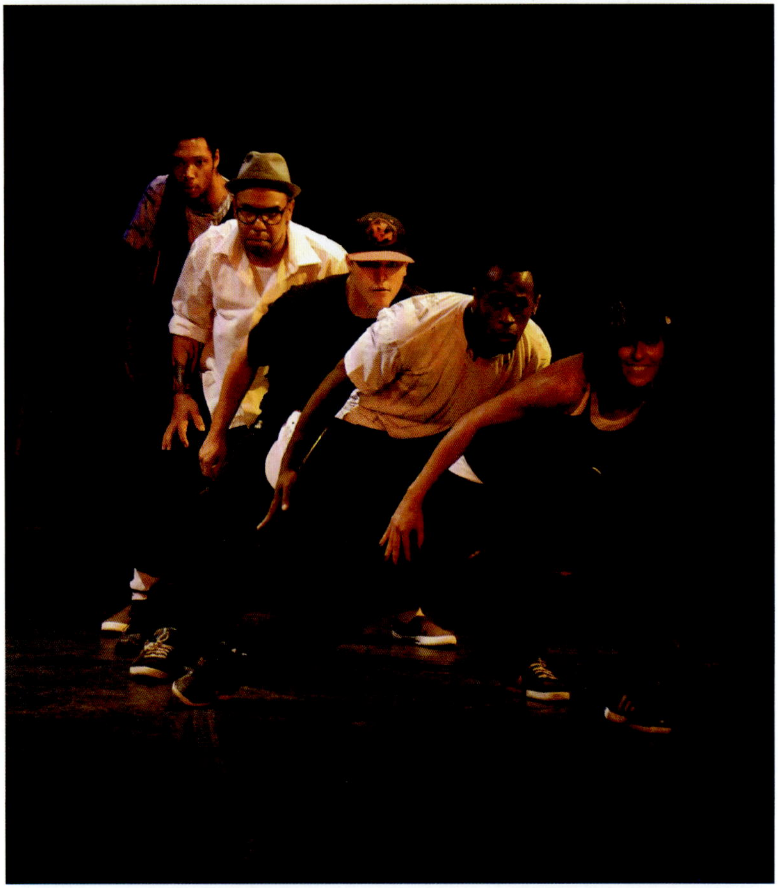

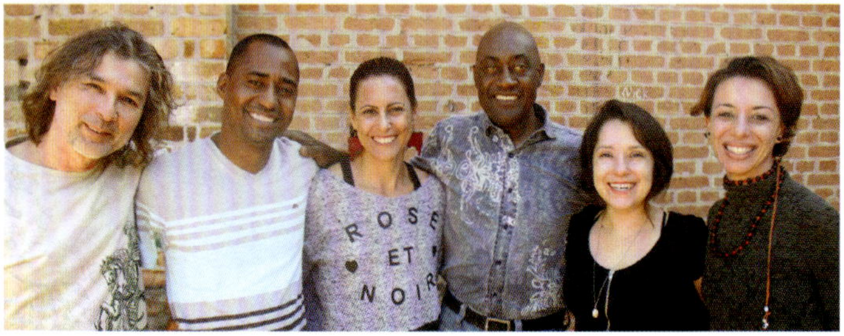
ROSE
ET
NOIR

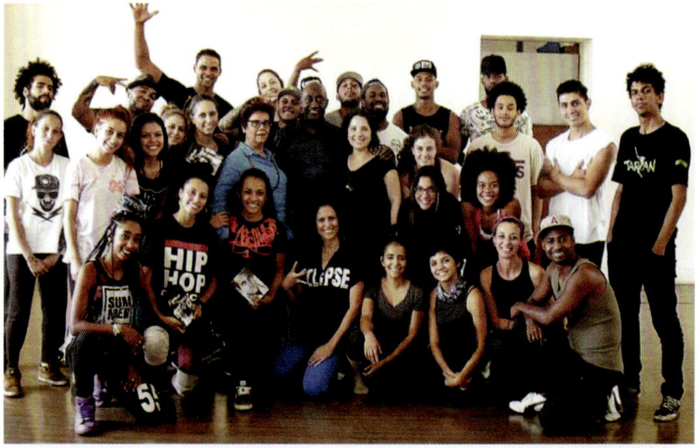
HIP
HOP
ECLIPSE

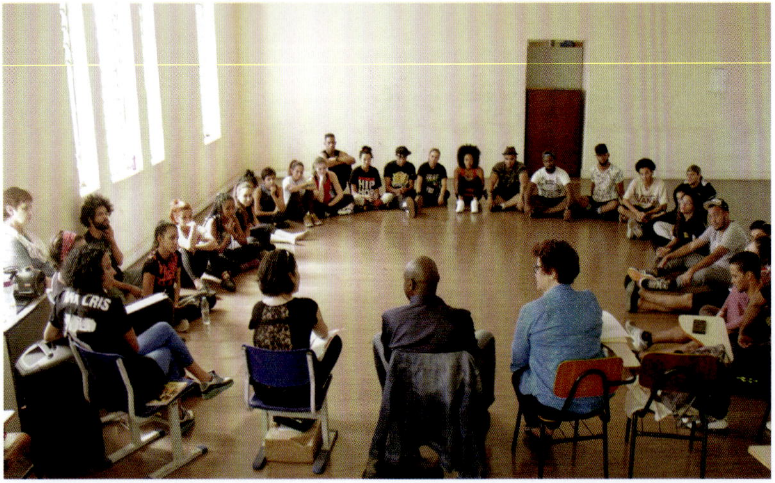

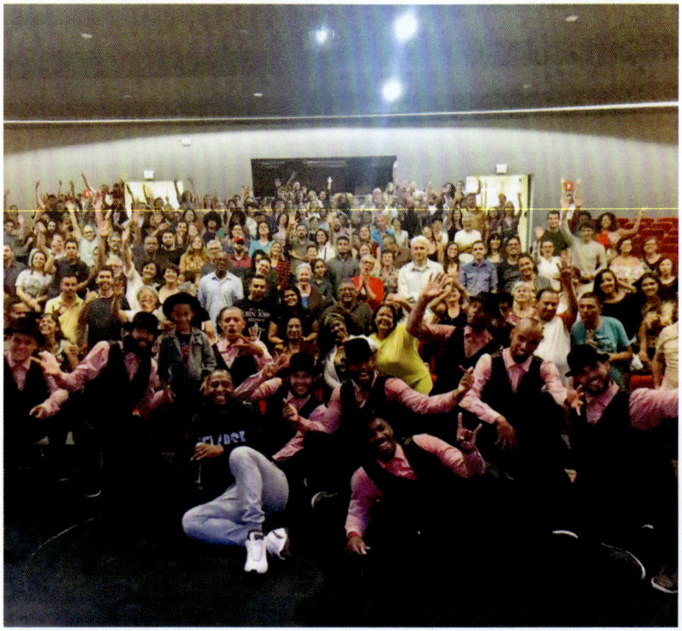

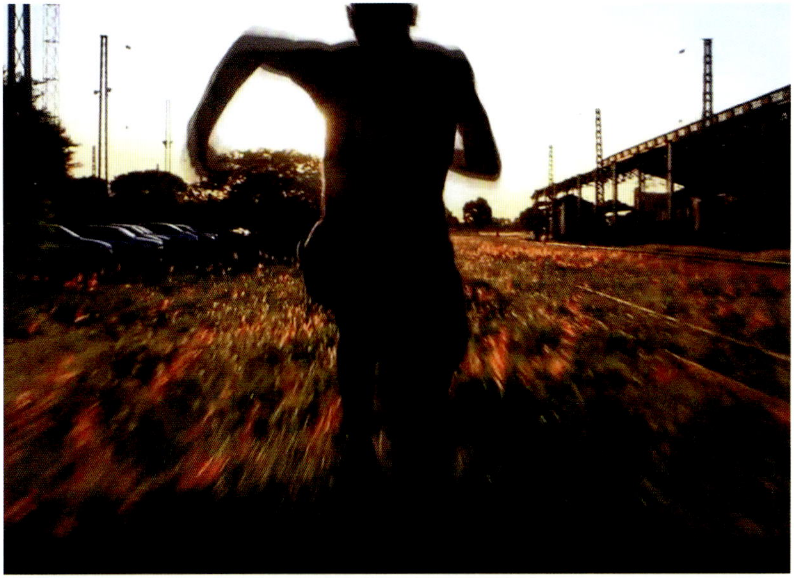

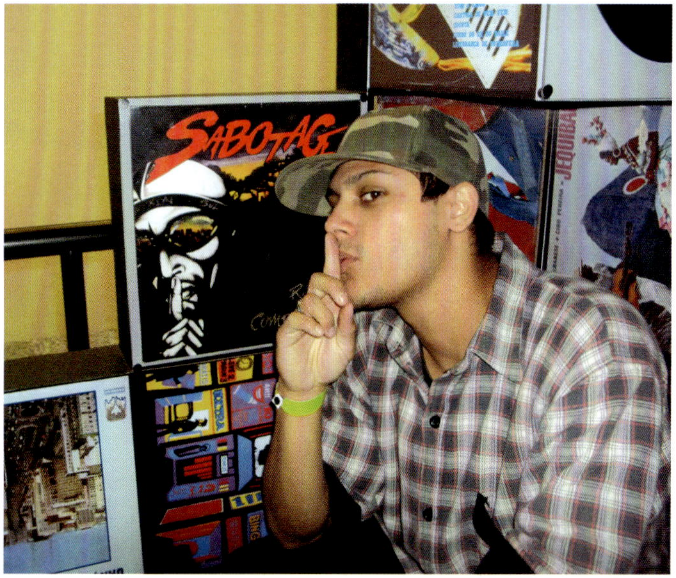
SABOTAGE

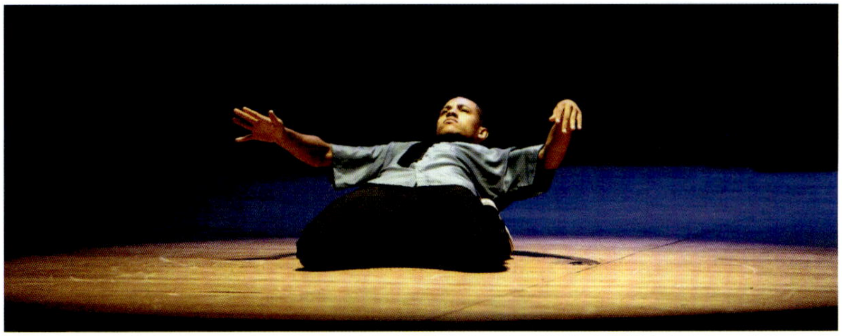

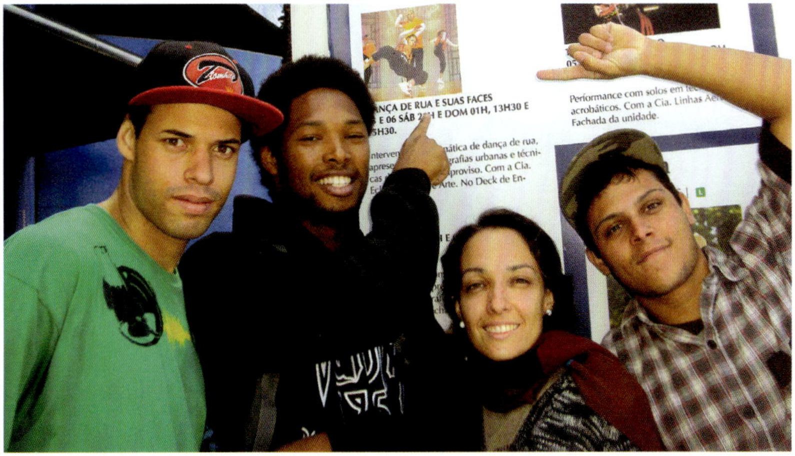
Fachada da unidade.

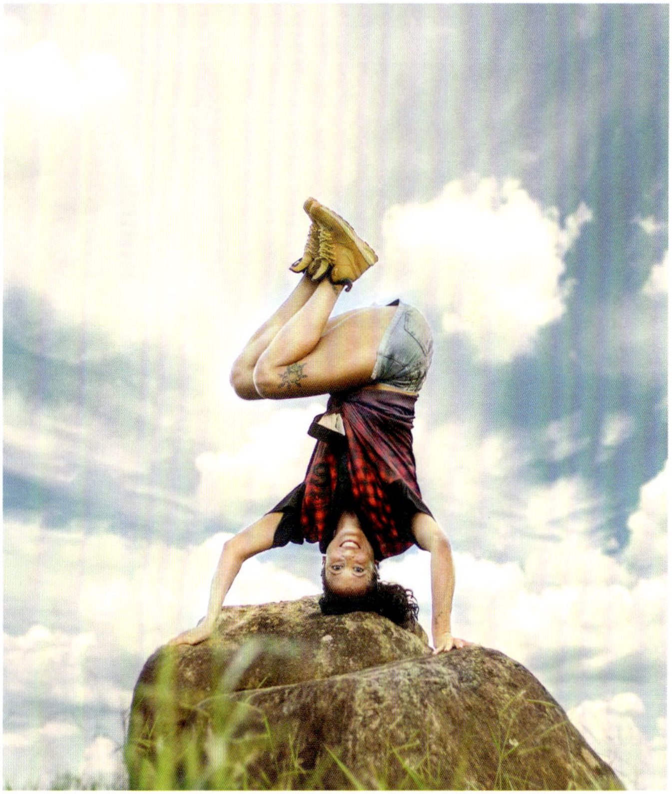

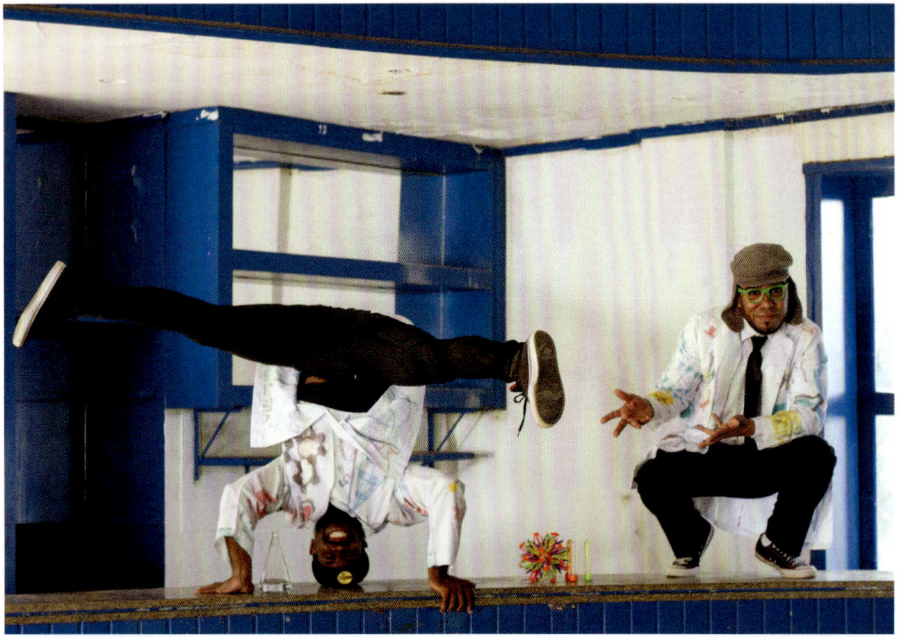

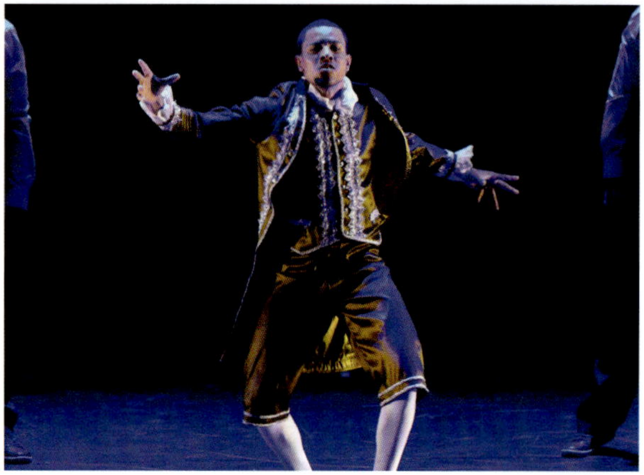

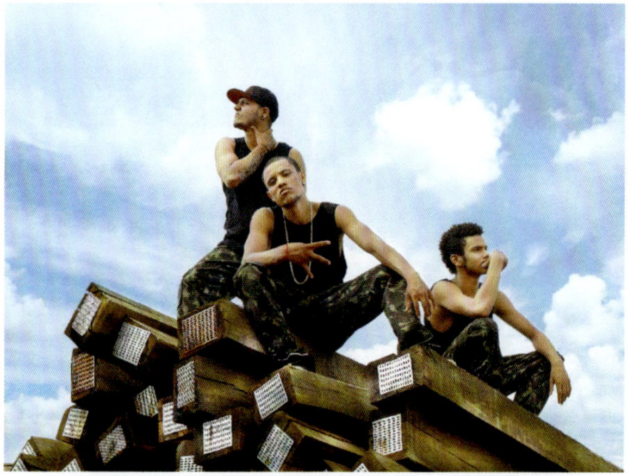

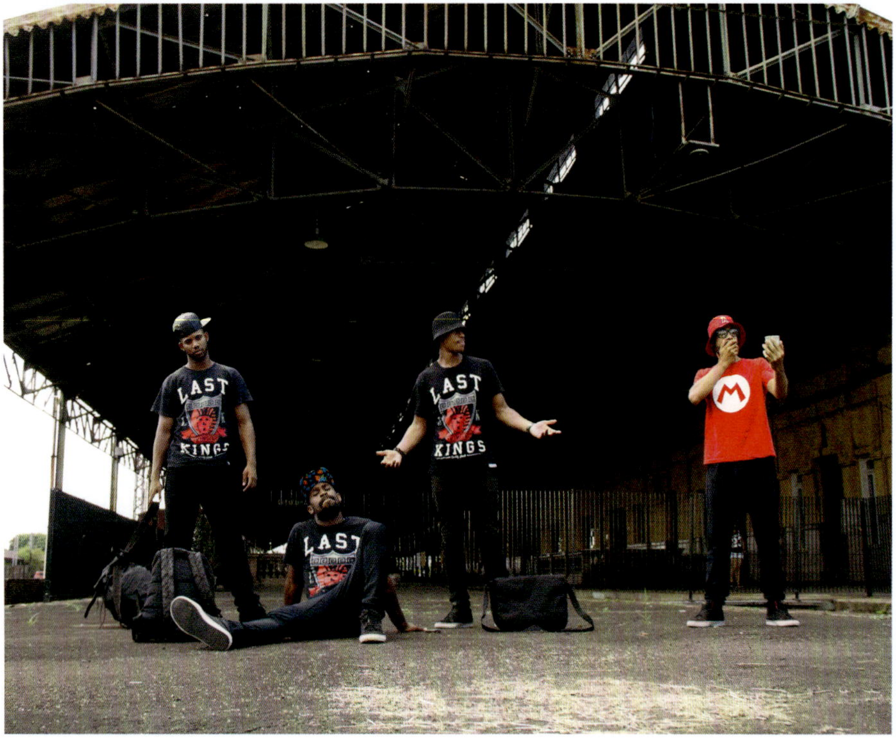
LAST
KINGS
LAST
KINGS
M

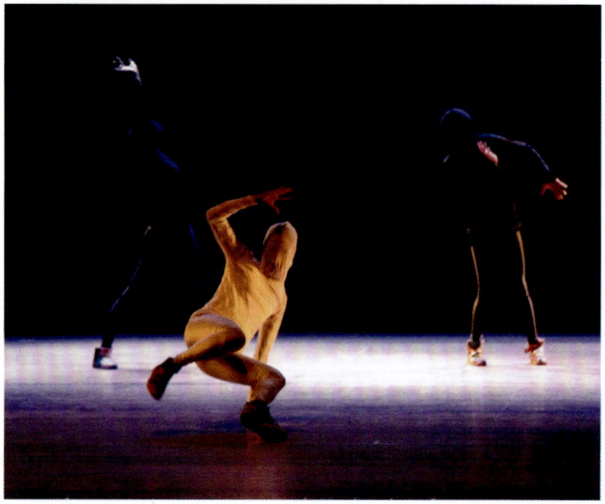

59

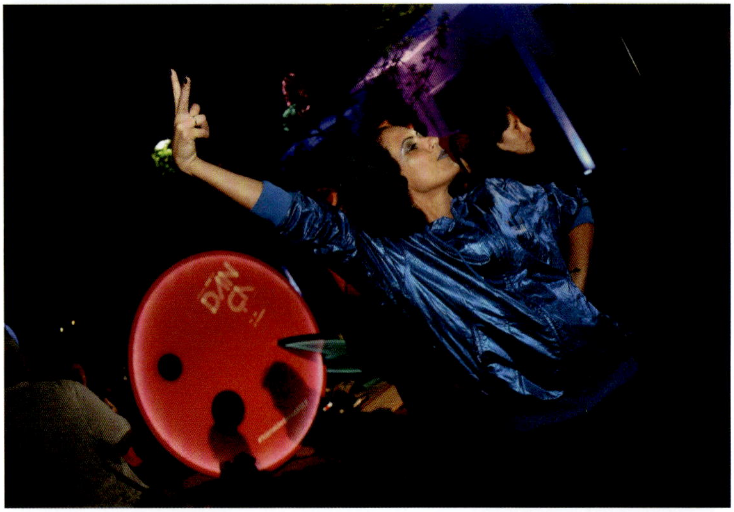
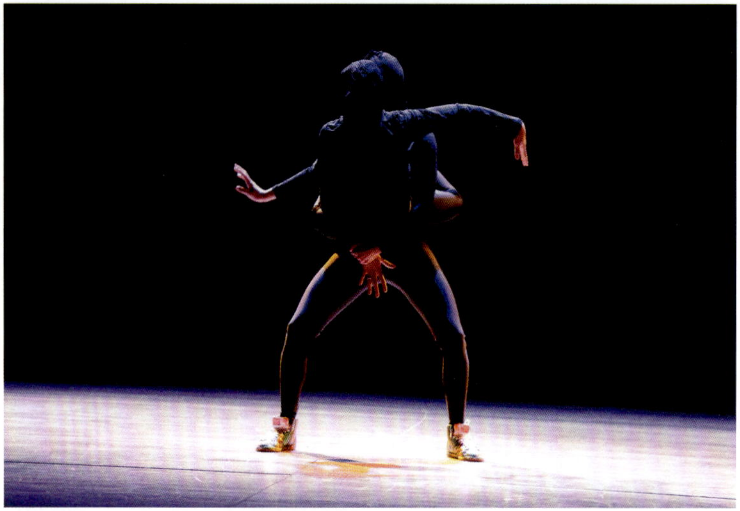
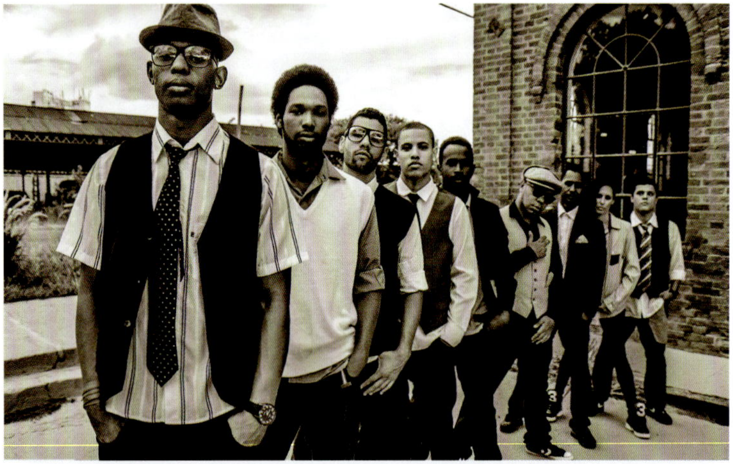
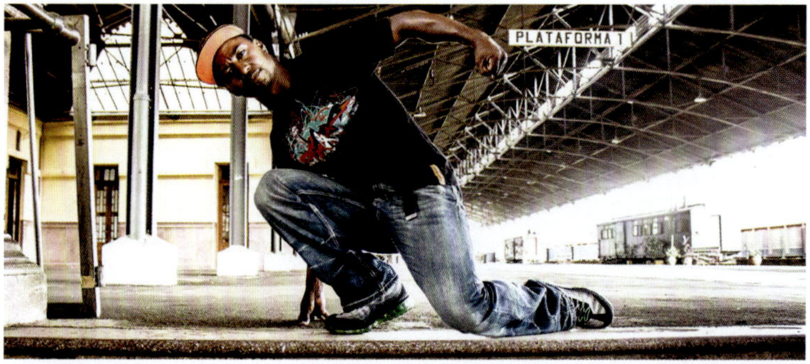
PLATAFORMA 1
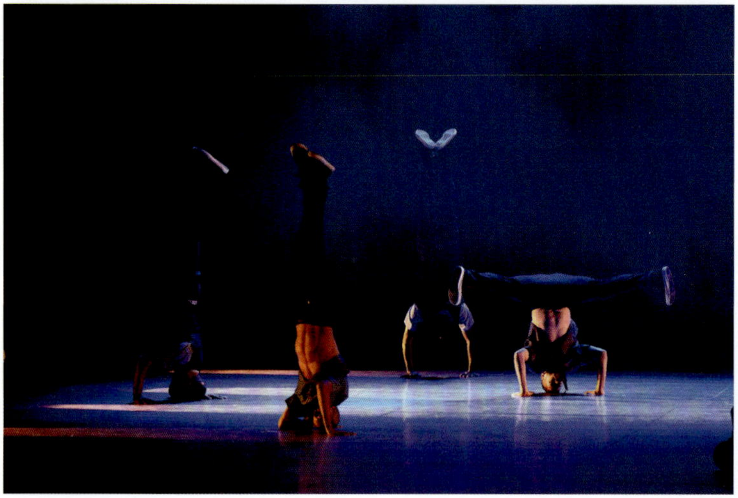
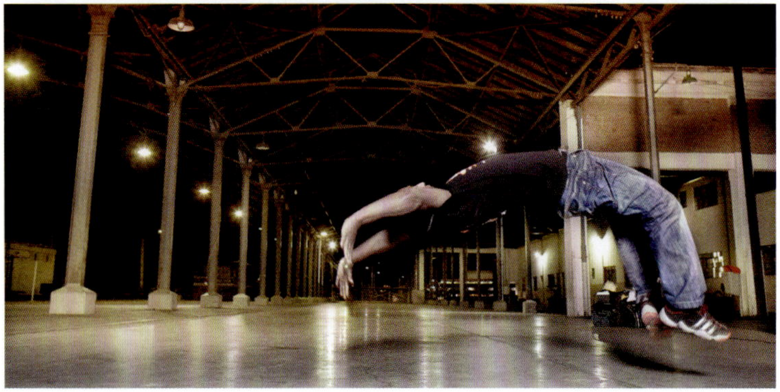

61

62

63

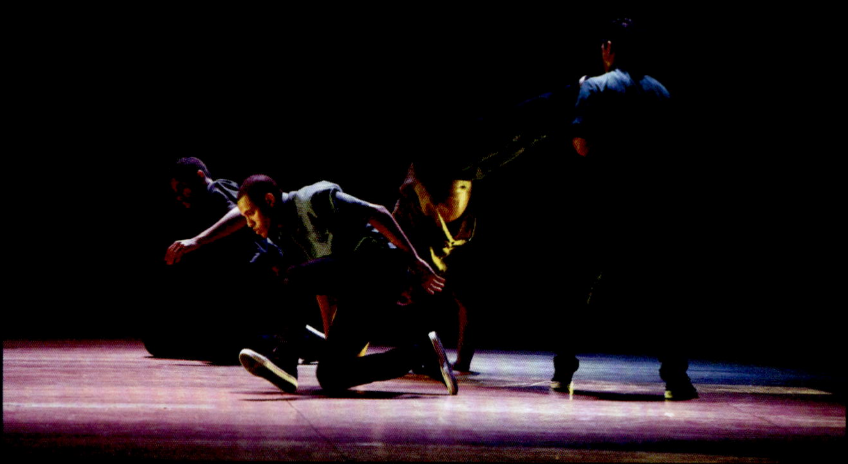

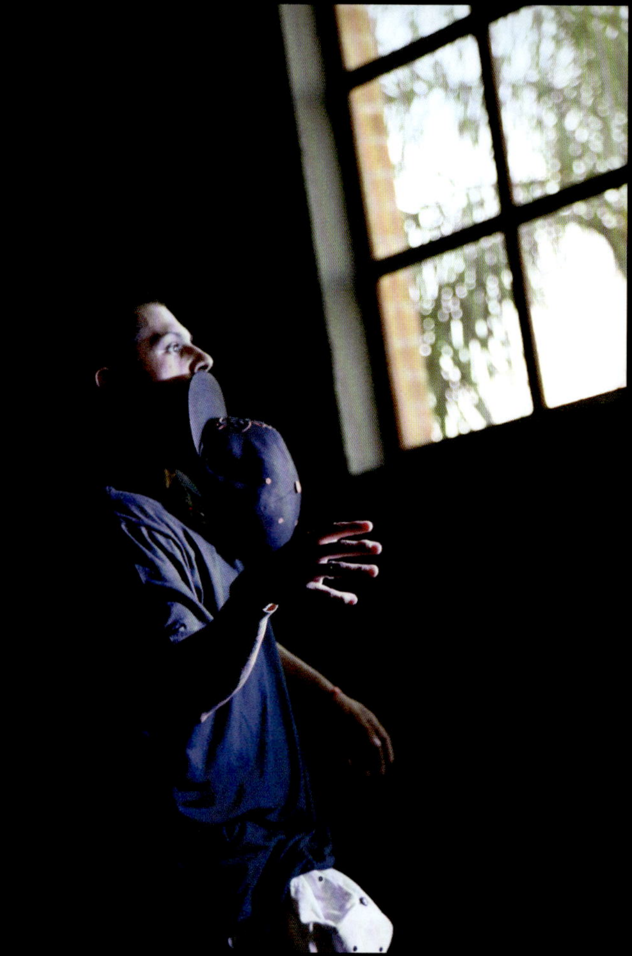

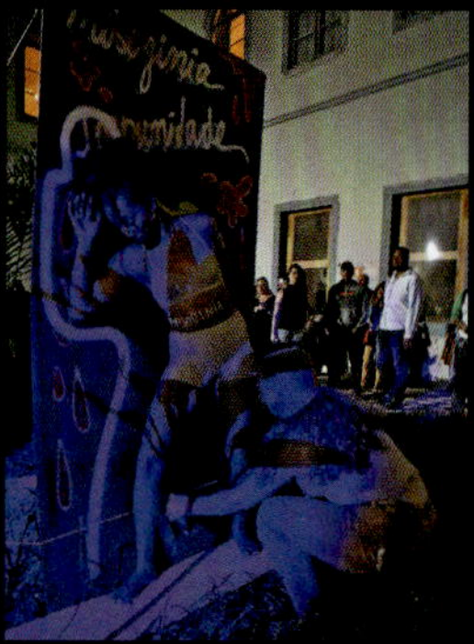

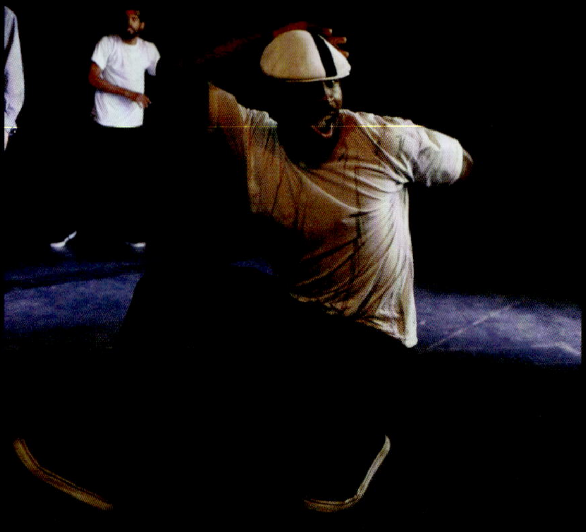

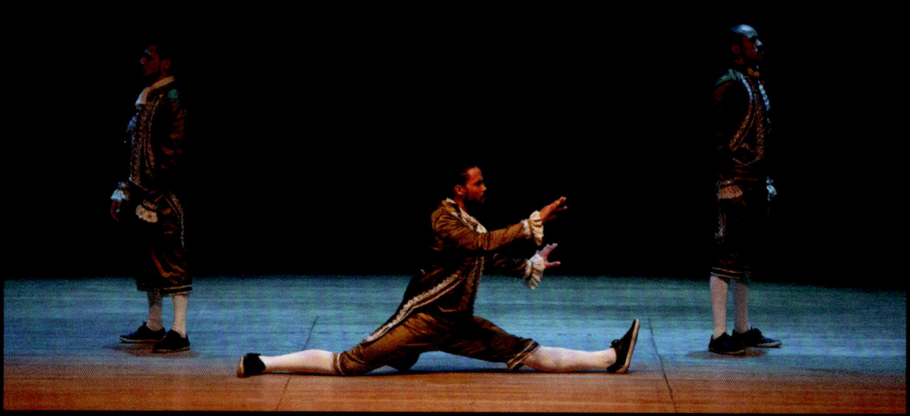

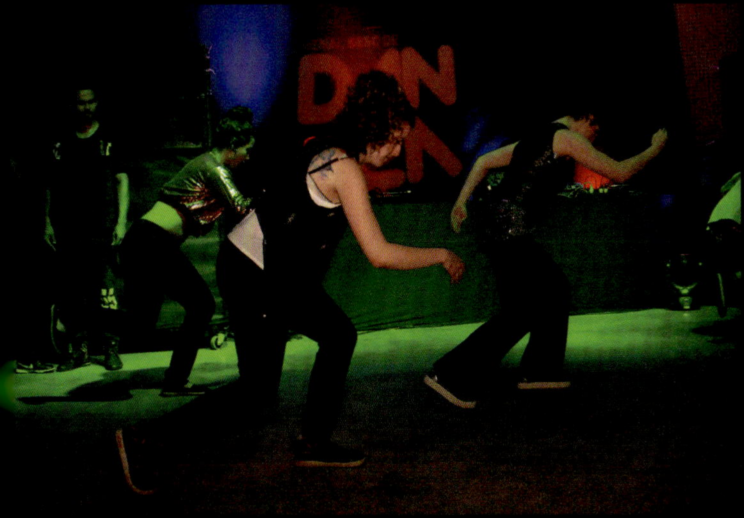

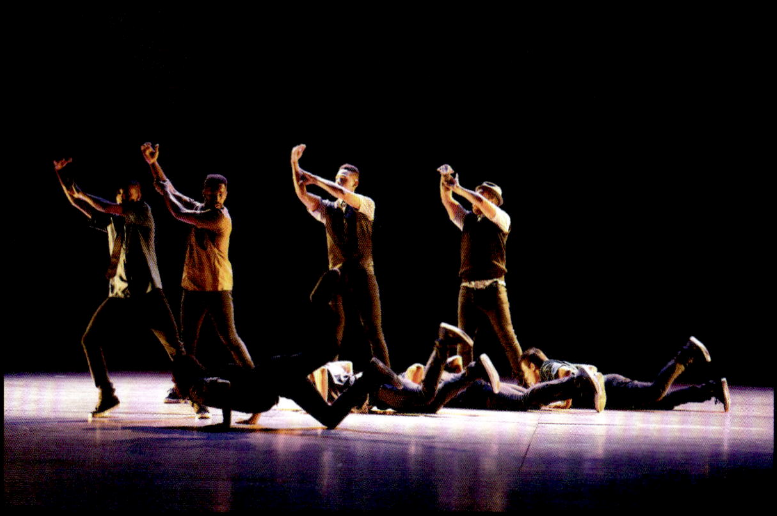

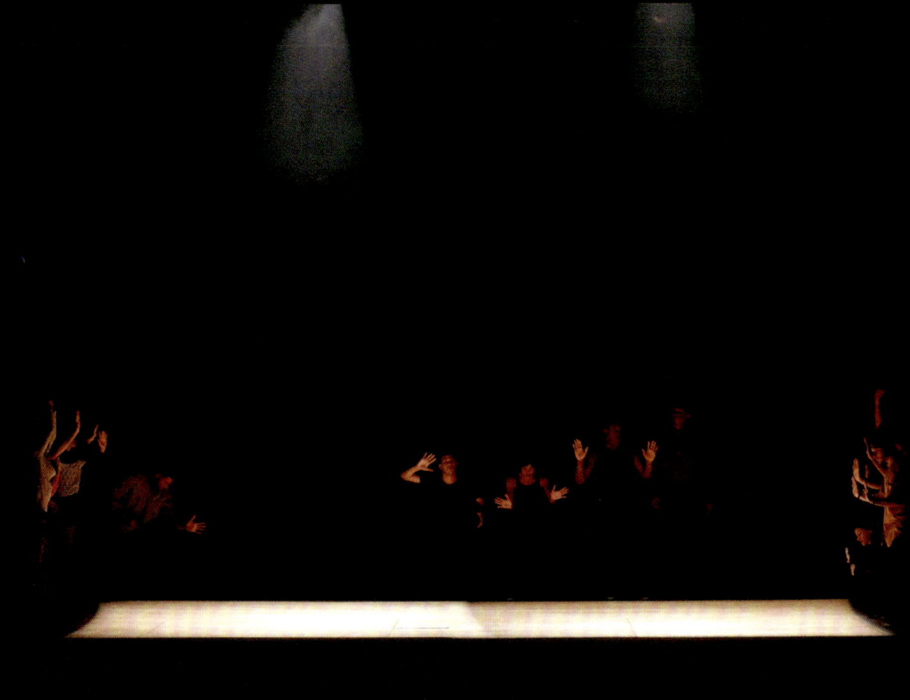

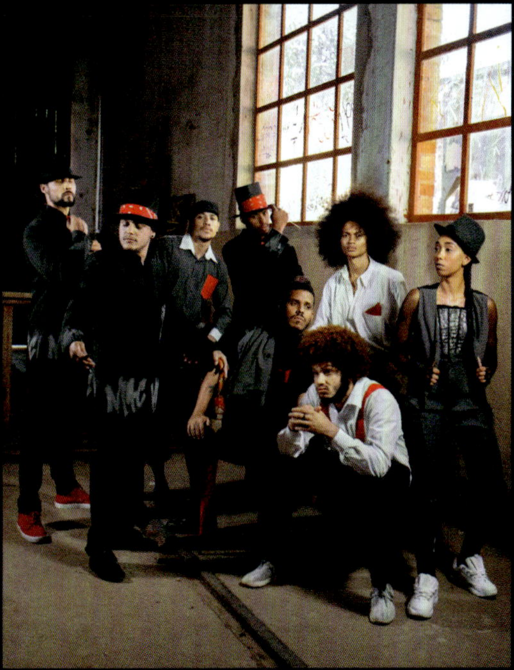

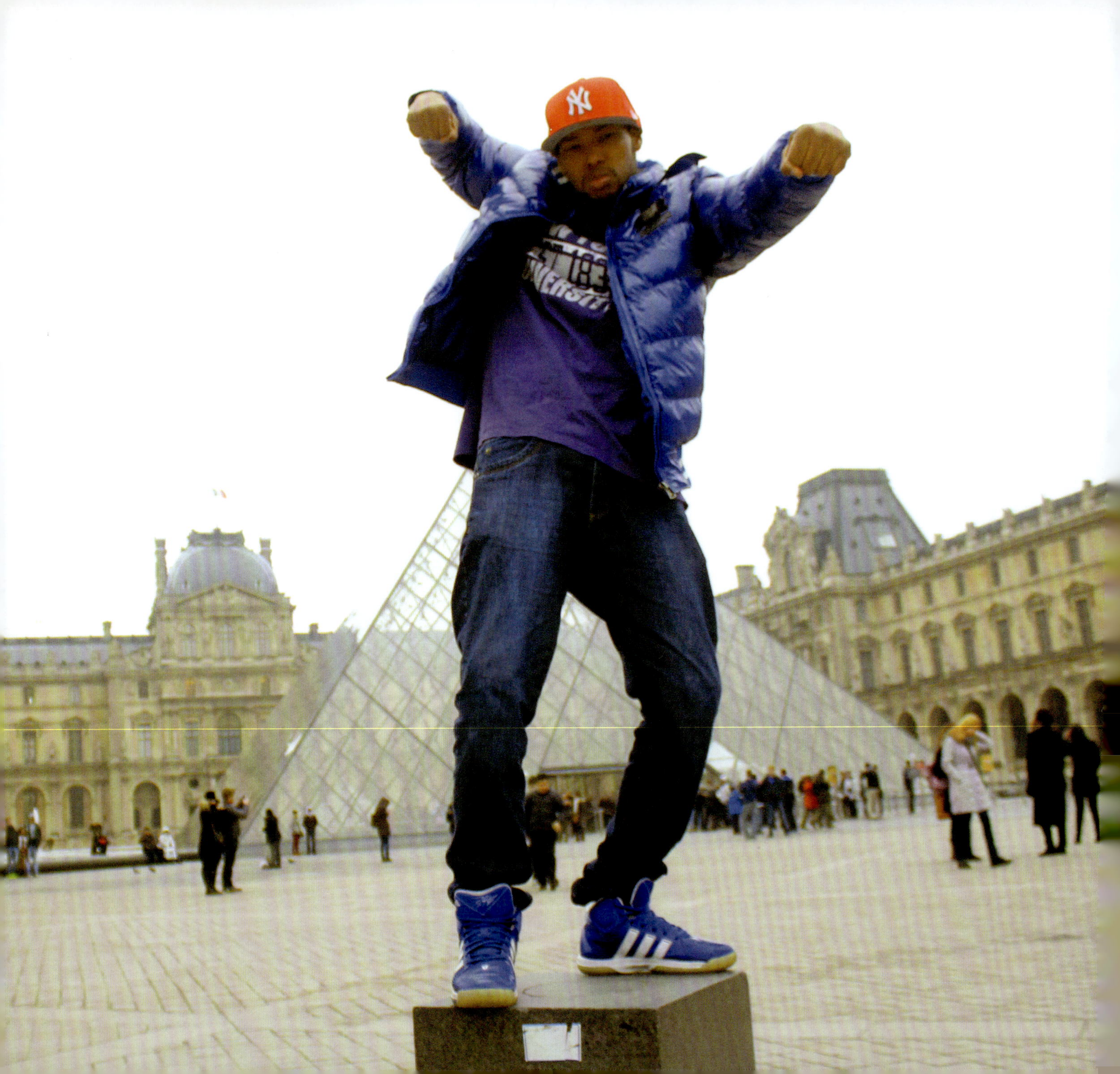

Cap. 4
Ch.

Lua Cheia
Foto: NASA/Robert Gendler

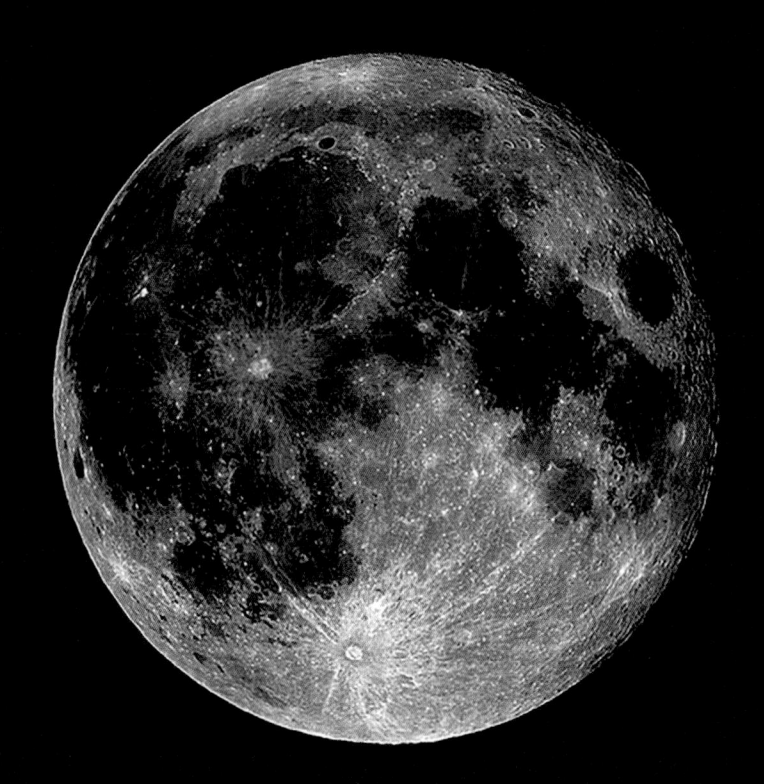

I
Intercâmbio
Interconnection

Intercâmbio

*"Rumo ao amor! Não importa qual caminho trilhe, não se ilhe,
sonho que se sonha junto é o maior louvor"*
Criolo

#nóspornós #ubuntu #gratidão

A Cia Eclipse contribui com o projeto decolonial conscientizando e enaltecendo as relações com as raízes do povo negro, gerando voz, identidade, união, celebração, luta, entre outros. Expande redes e diálogos com demais artistas e pesquisadores do Brasil e do exterior por meio de expressões artísticas diversas que criam conexões conscientes ou inconscientes.

E neste tempo utópico, hoje é dia de agradecer as inúmeras experiências compartilhadas. Absorver e/ou enraizar nossa força no movimento físico do aqui e agora, no Brasil, Chile, Argentina, França, Alemanha, Itália, Finlândia, Suíça, Áustria…

Interconnection

"Towards love! It doesn't matter which path you take, don't go astray, dream that is dreamed together is the greatest praise"
Criolo

#weforus #ubuntu #gratitude

Cia Eclipse contributes to the decolonial project by raising awareness and enhancing the relationships with the roots of black people, generating voice, identity, union, celebration, struggle, among others. It expands networks and dialogues with other artists and researchers from Brazil and abroad through diverse artistic expressions that create conscious or unconscious connections.

In this utopian time, today is a day to be thankful for the countless shared experiences. Absorb and/or root our strength in the physical movement of the here and now, in Brazil, Chile, Argentina, France, Germany, Italy, Finland, Switzerland, Austria...

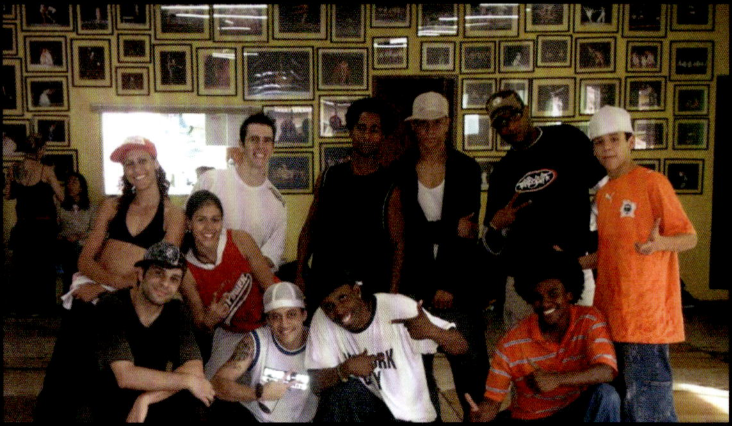

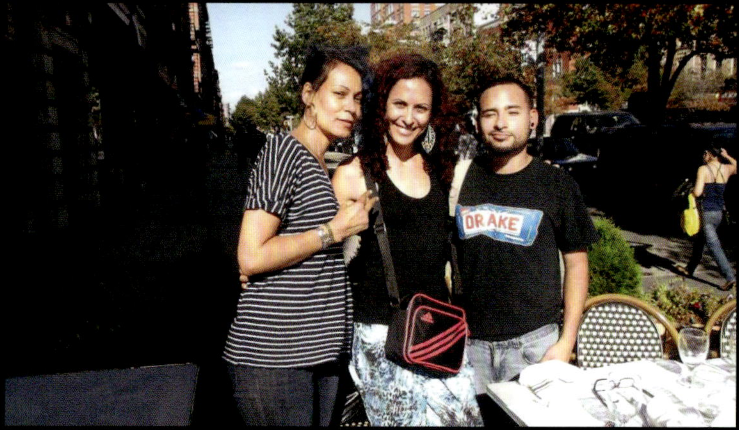
DRAKE

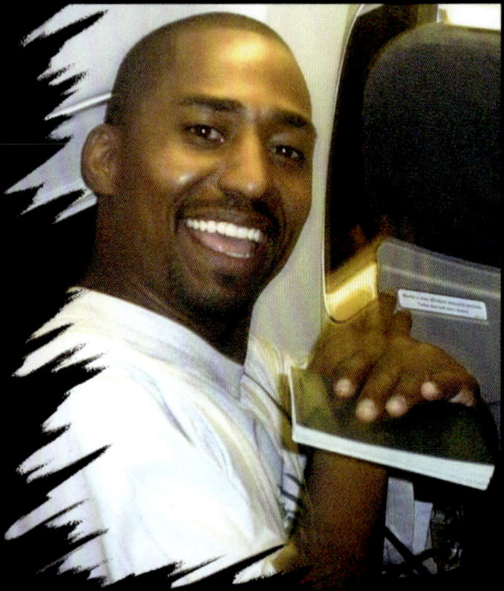

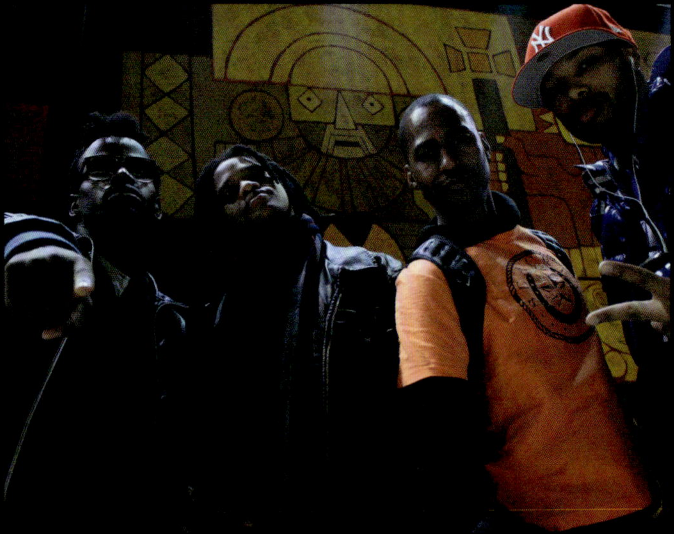

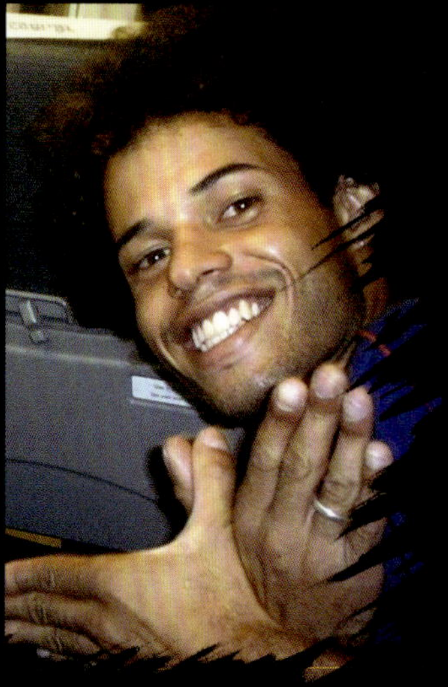

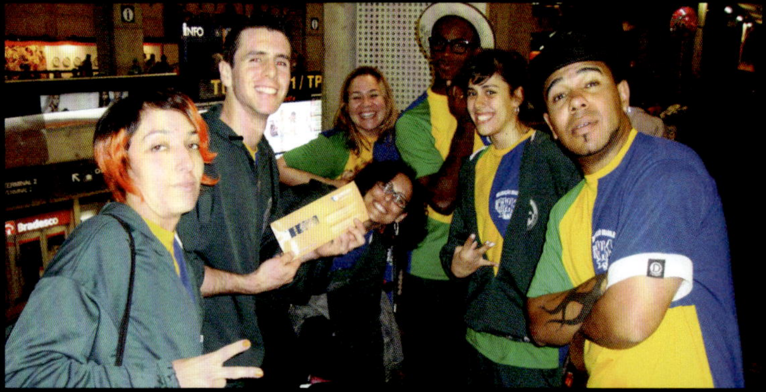
INFO
Bradesco

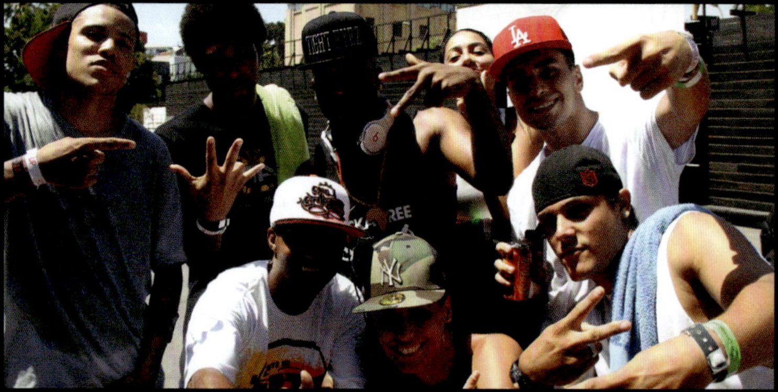

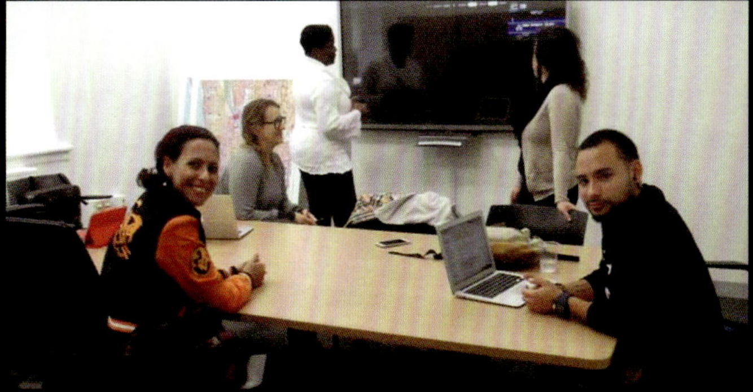

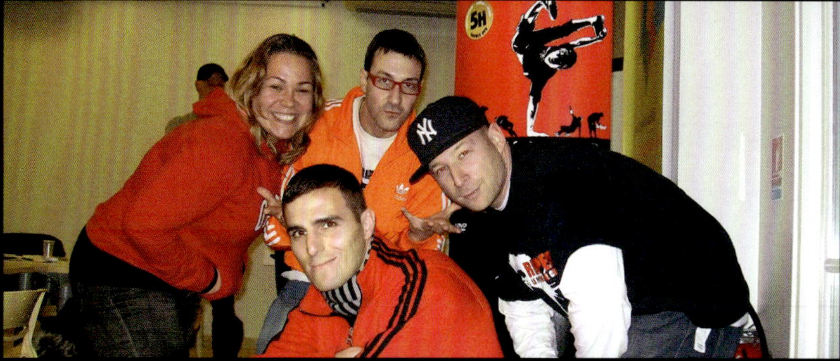

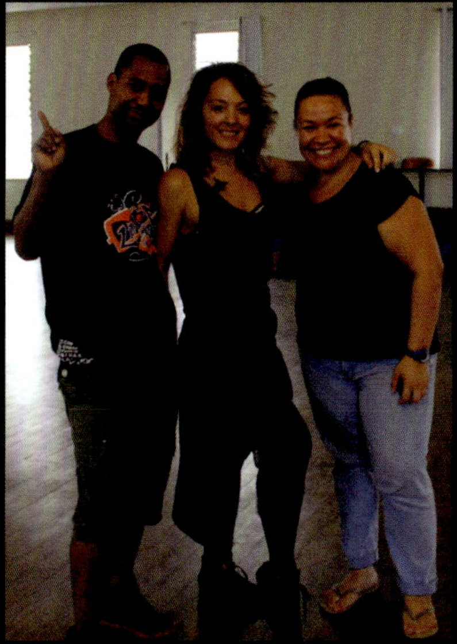

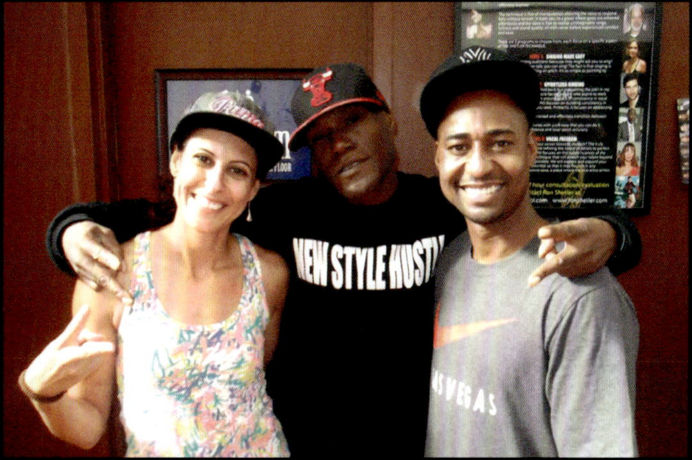
NEW STYLE HUSTL

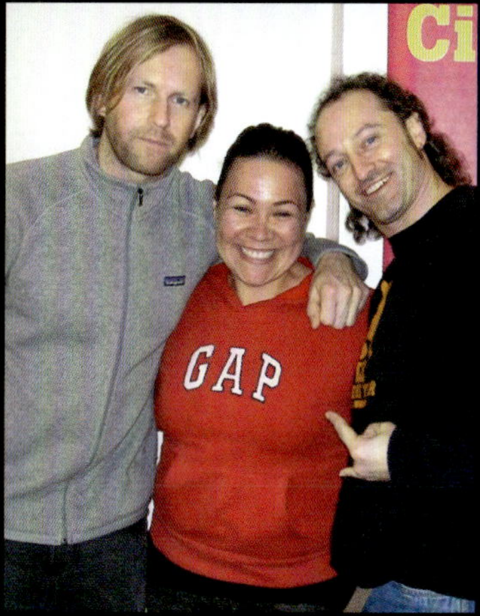
GAP

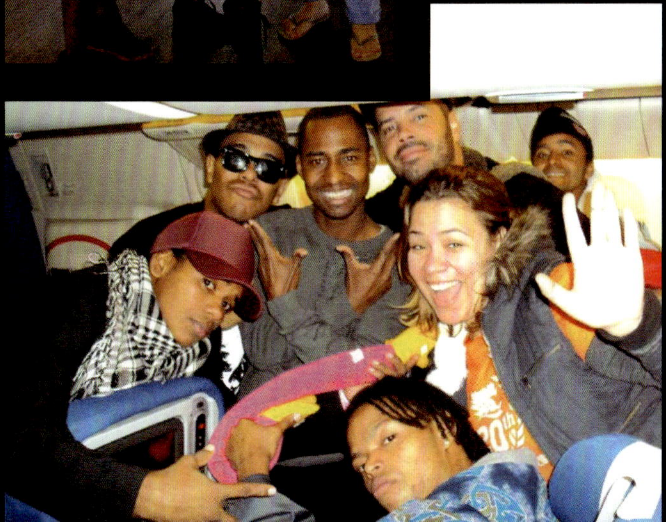

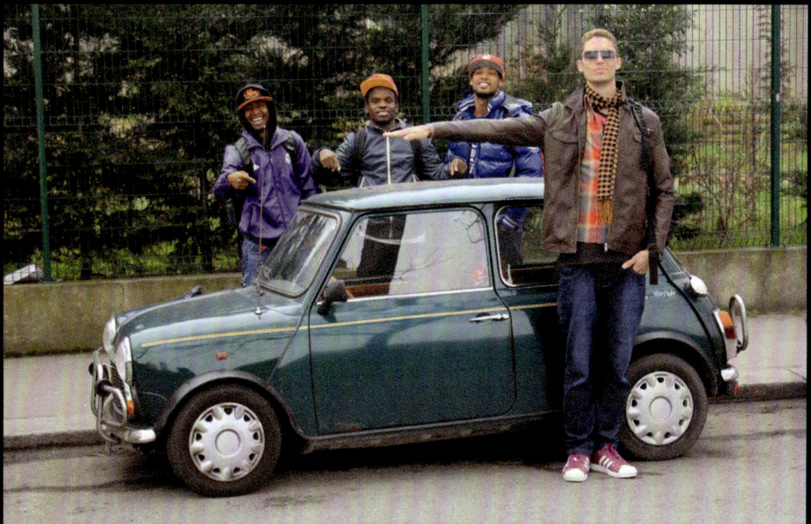

72

MUSEUM
OF THE CITY
OF NEW YORK

LOS ANGELES
SEOUL
MEXICO CITY
TOKYO

74

75

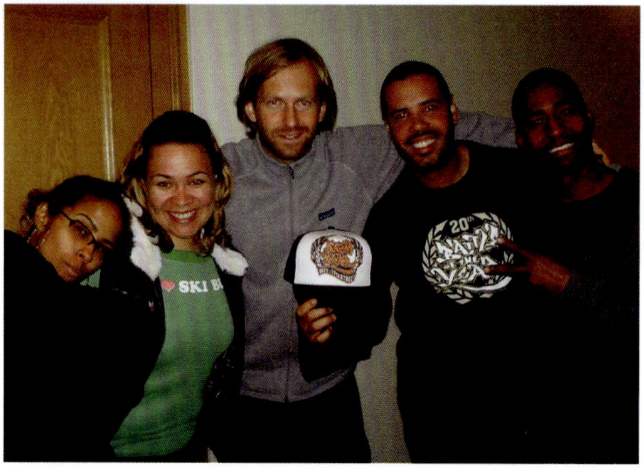

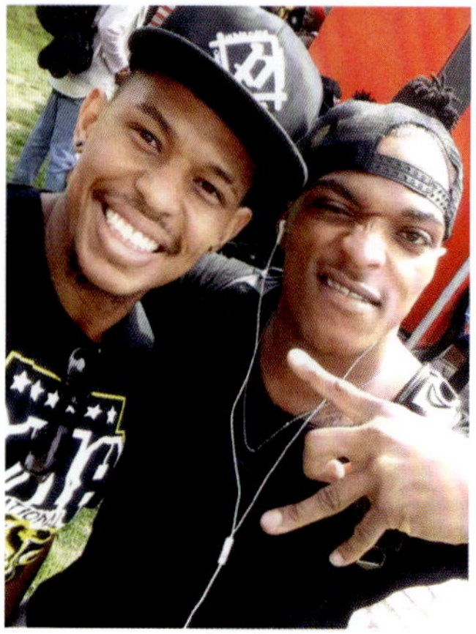

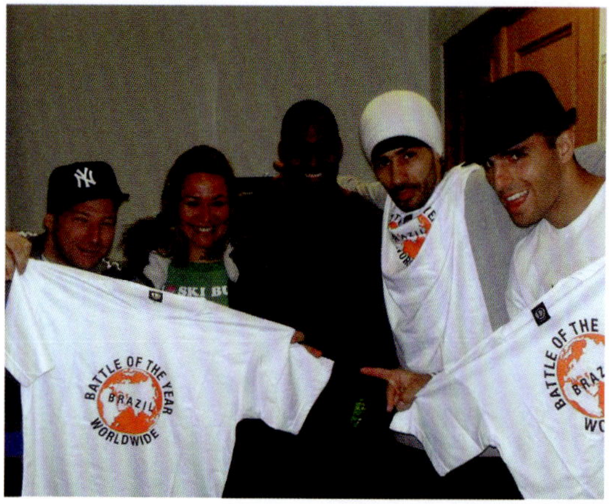
BATTLE OF THE YEAR
BRAZIL
WORLDWIDE

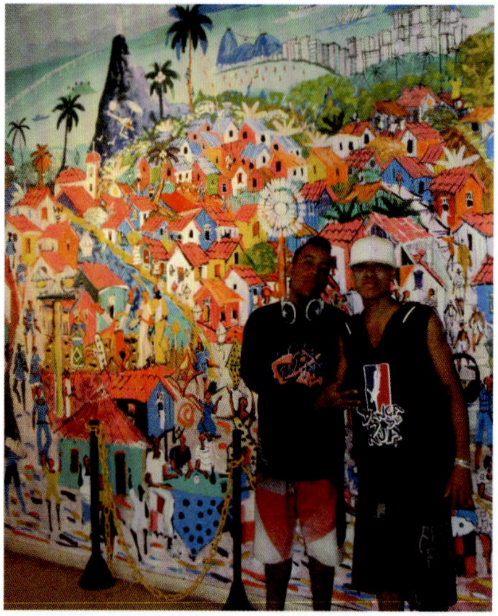

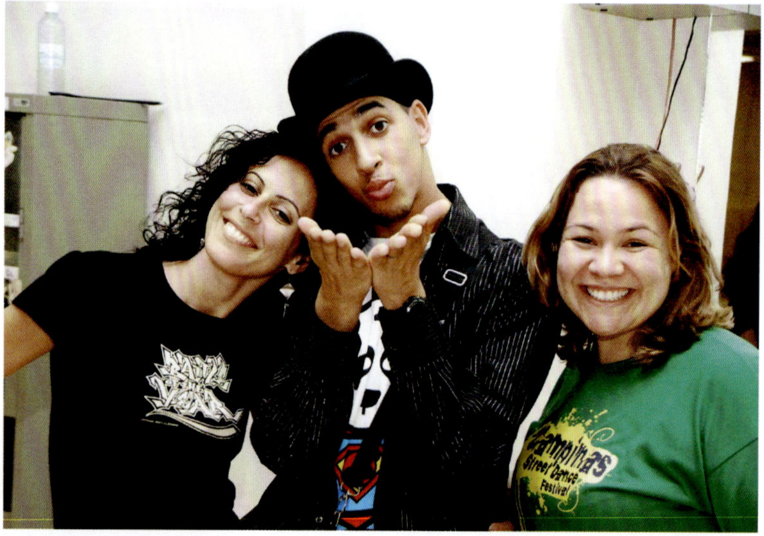

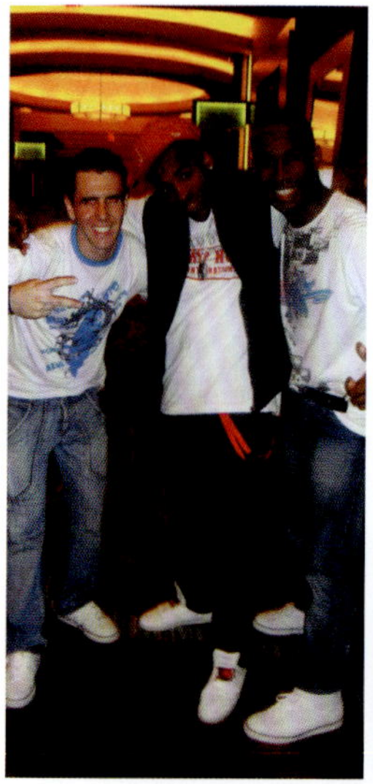

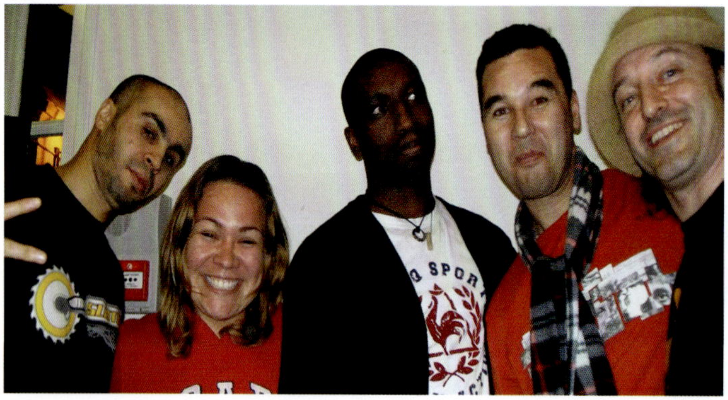

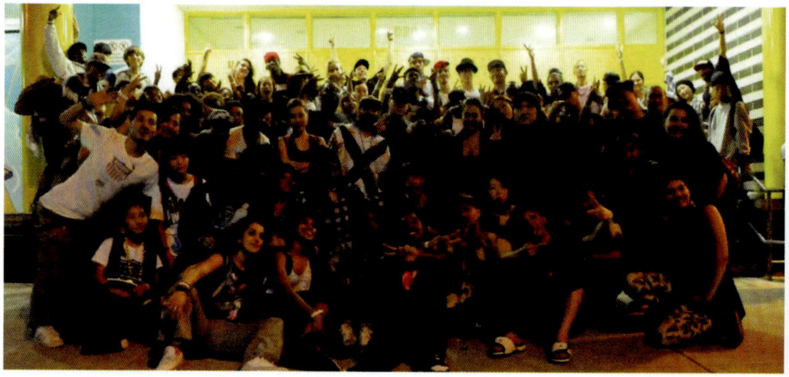

77

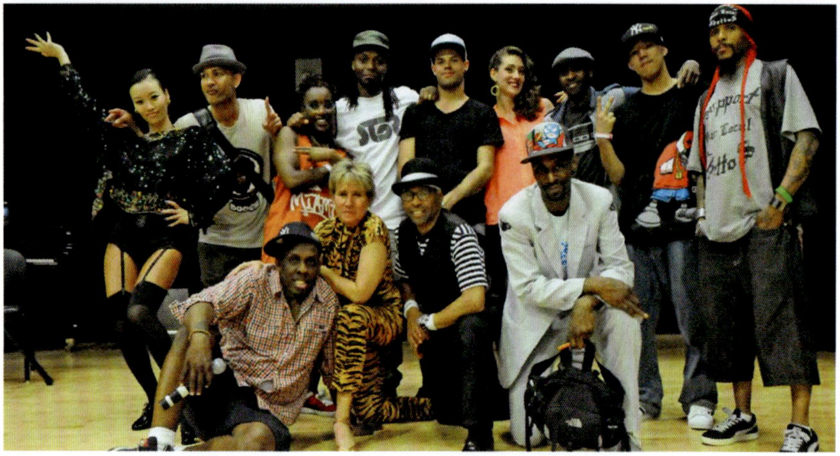

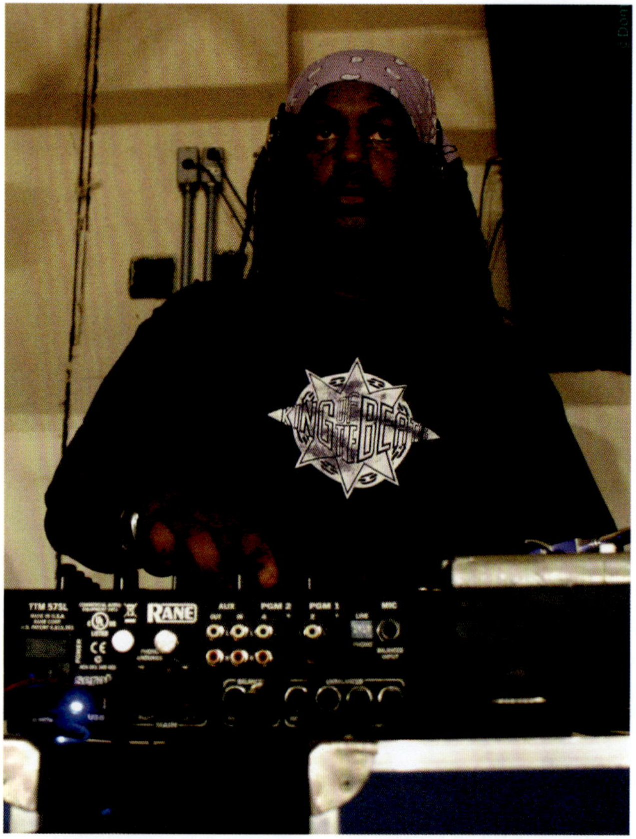
TTM 57SL
RANE
AUX
PGM 2
PGM 1
MIC

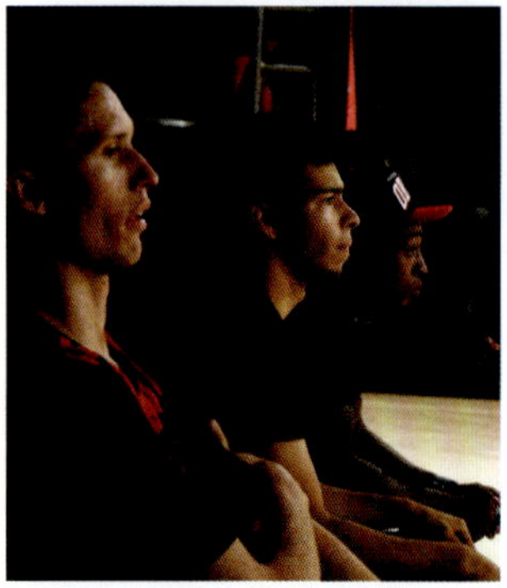

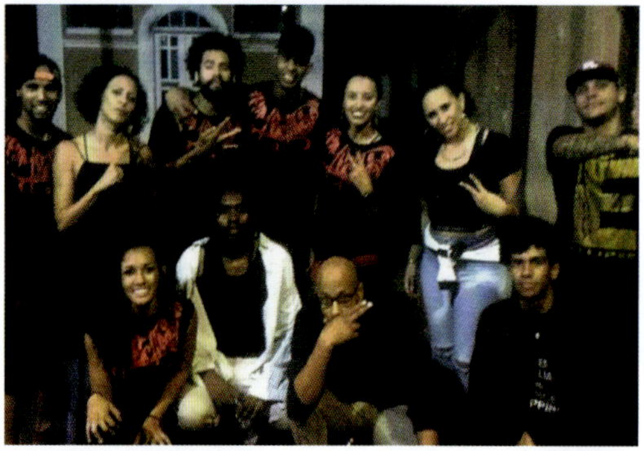

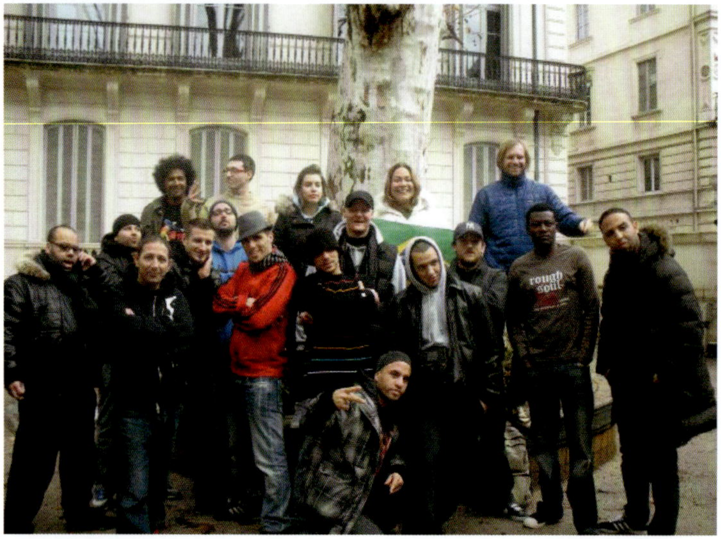
rough soul

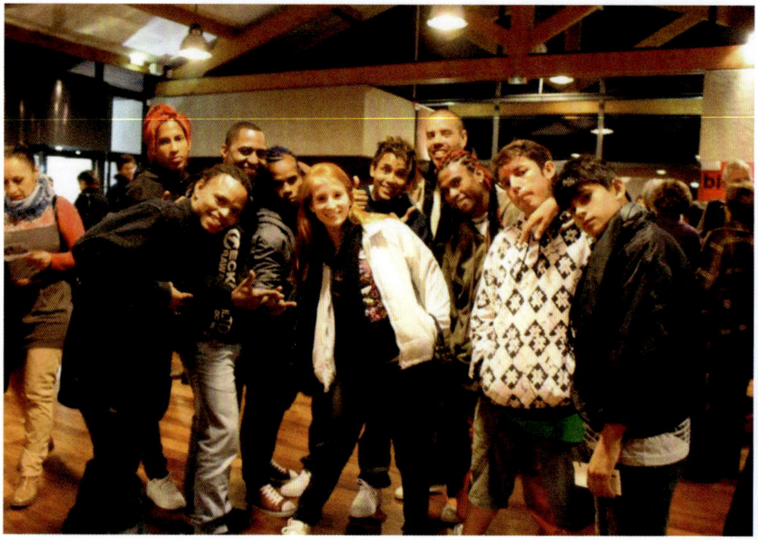

79

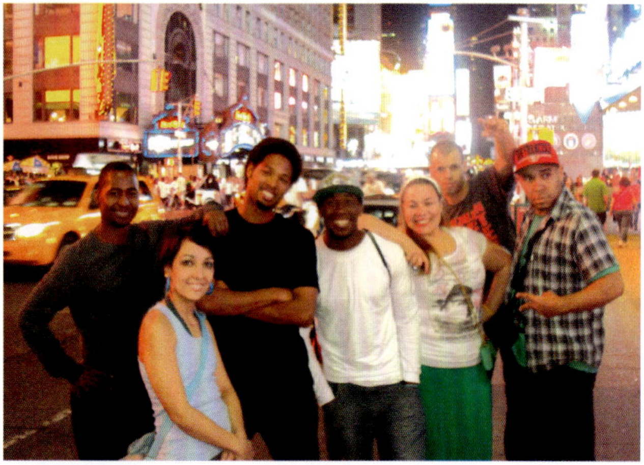

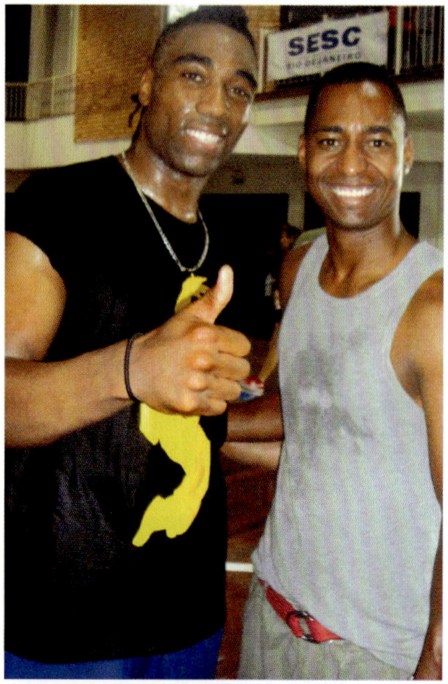
SESC

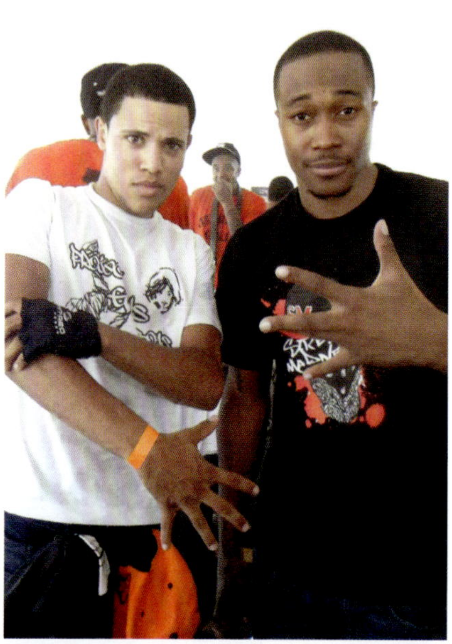

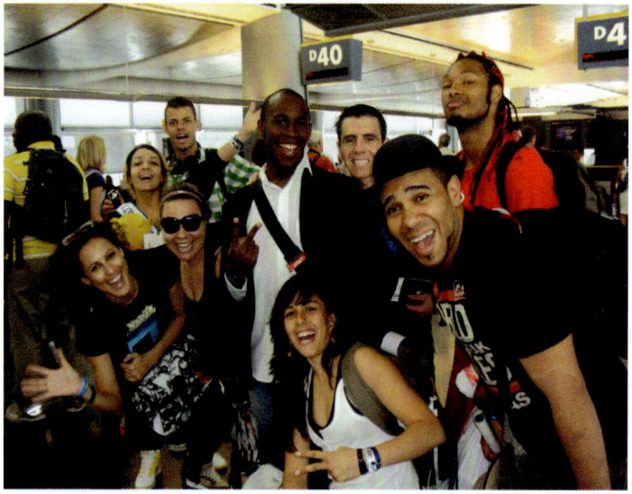
D40

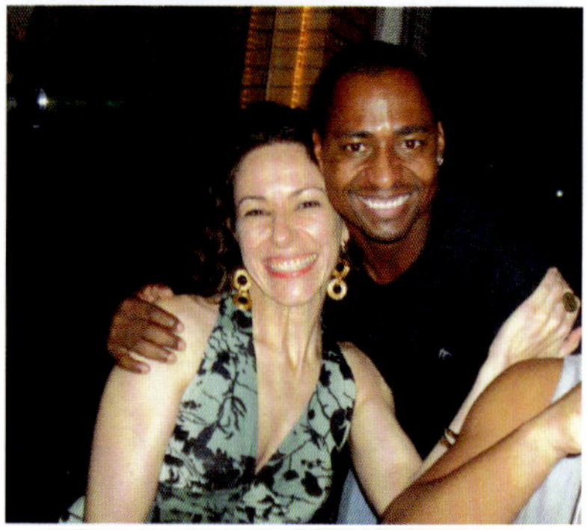

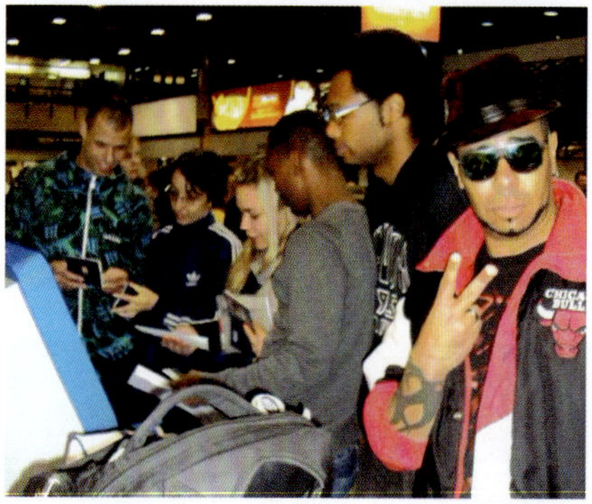

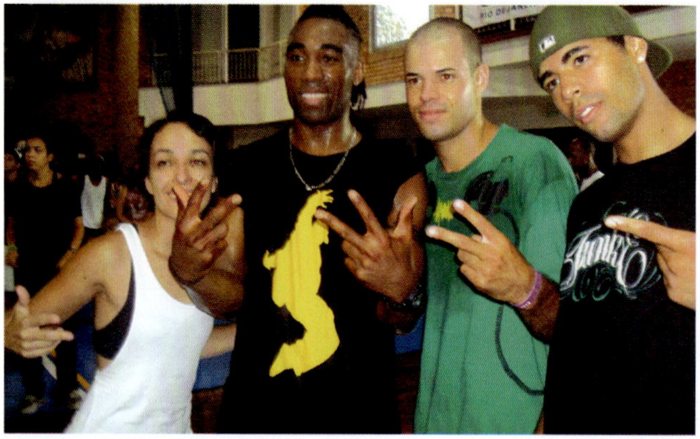

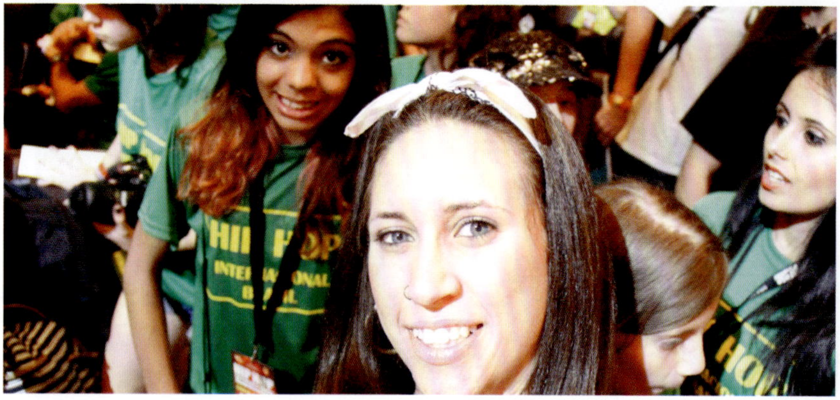

81

82

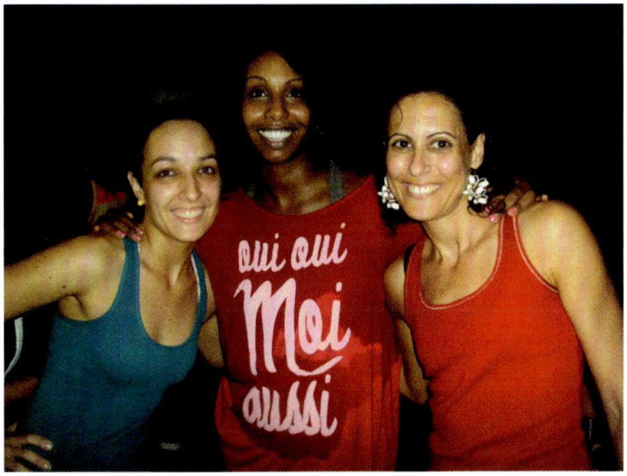
oui oui
Moi
aussi

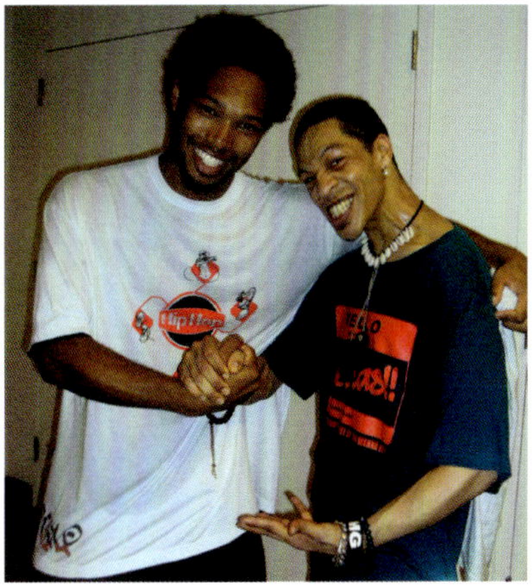

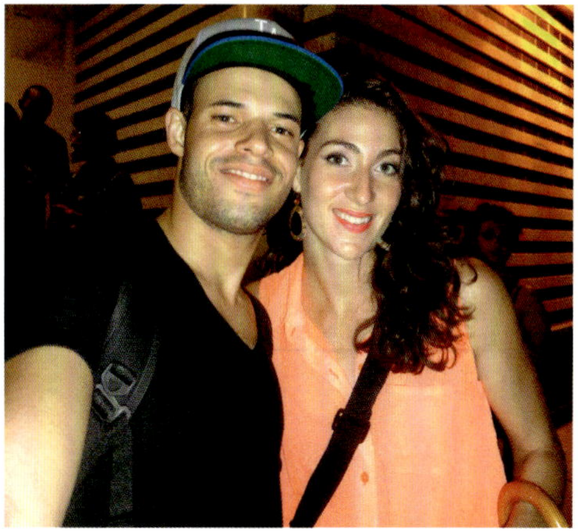

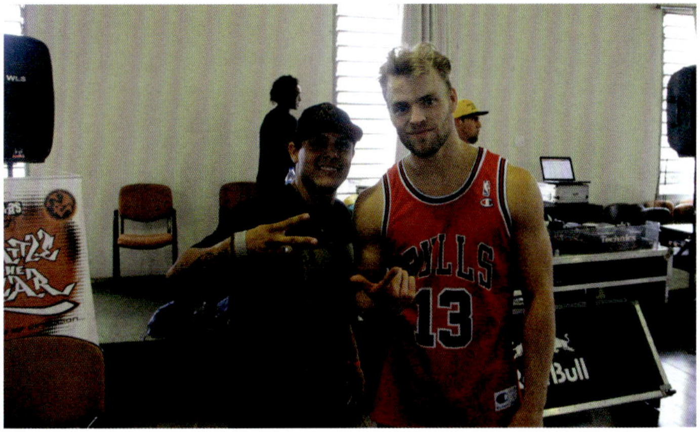
13

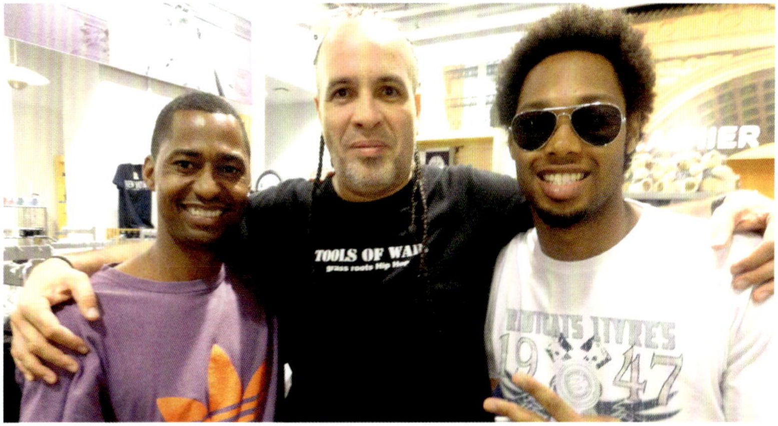

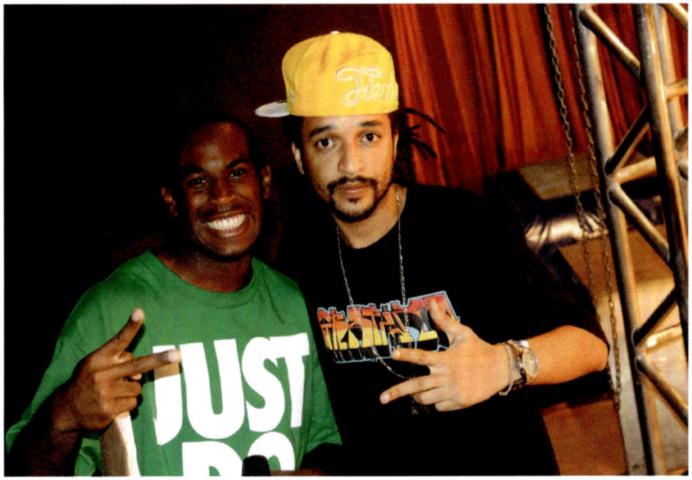
JUST

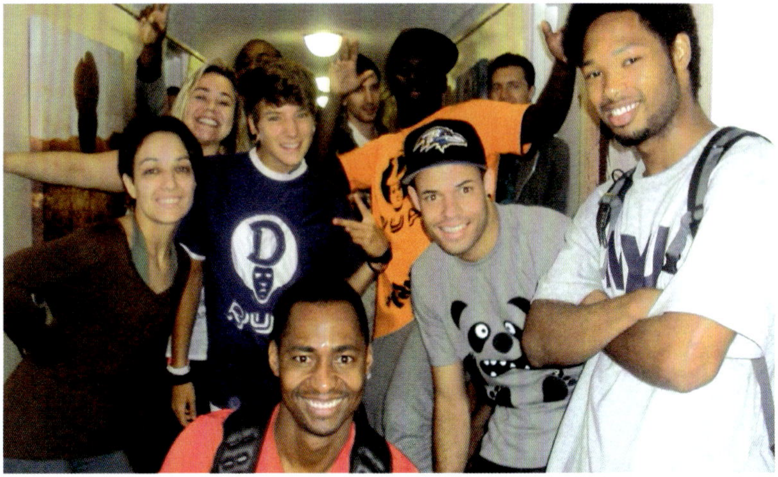

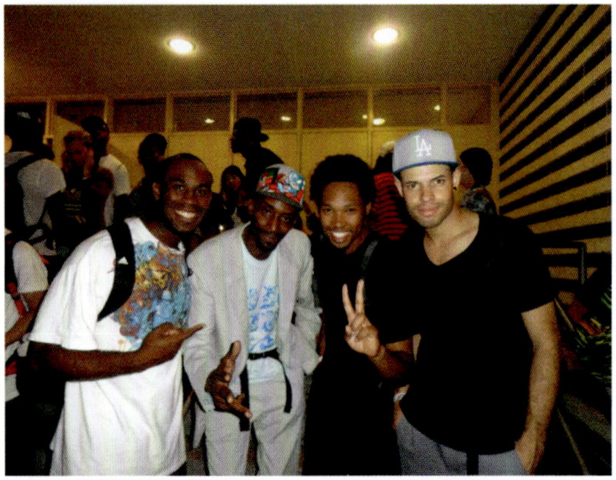

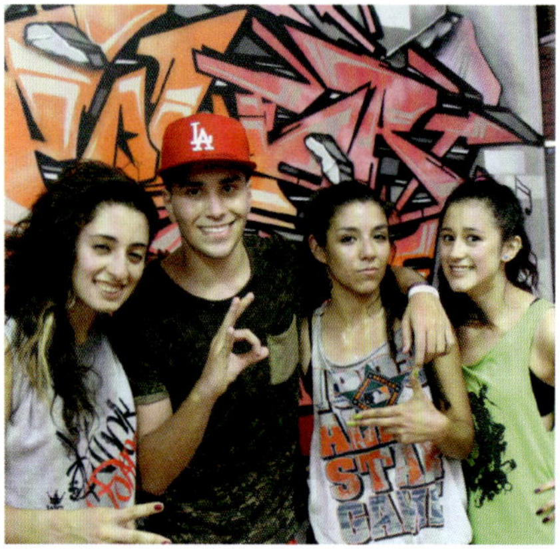

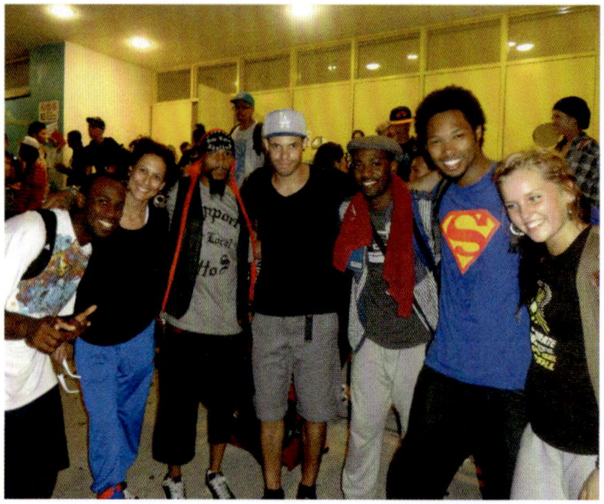

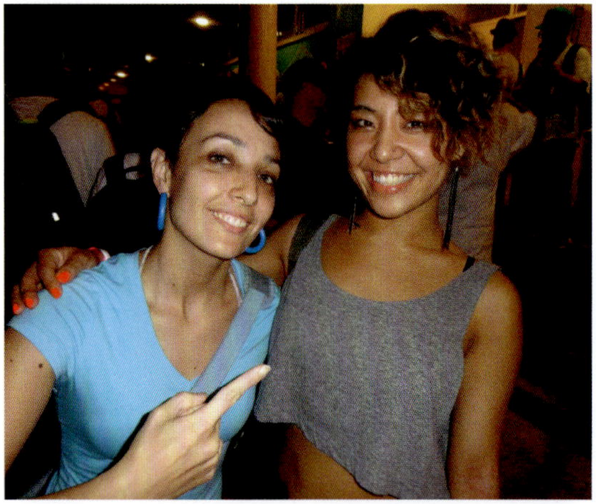

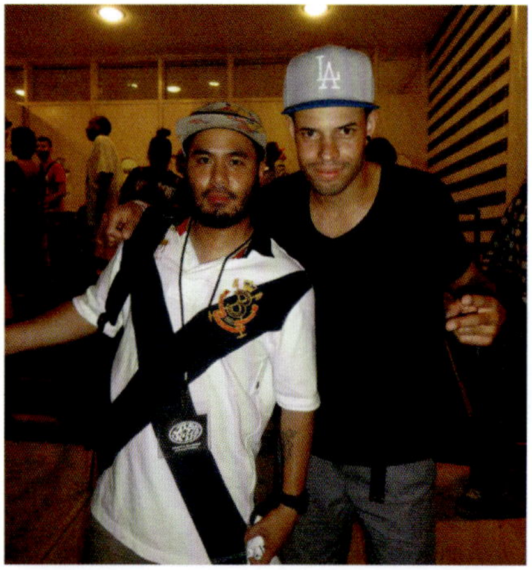

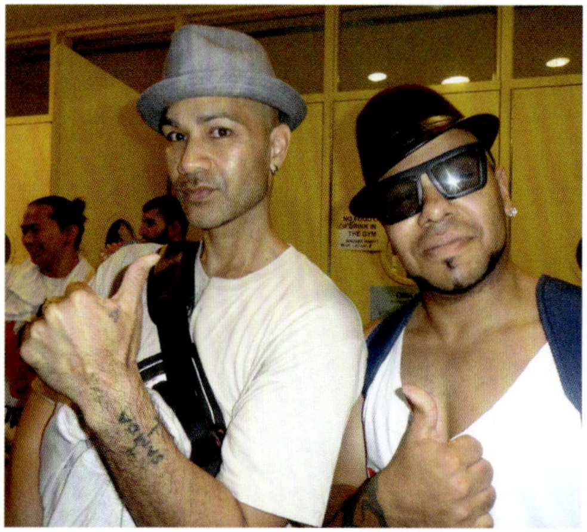

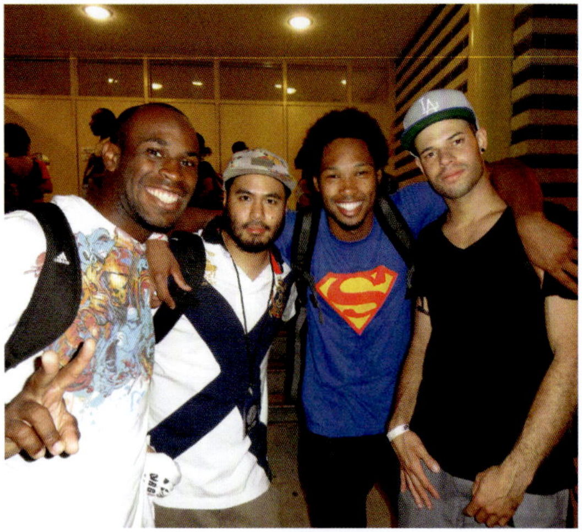

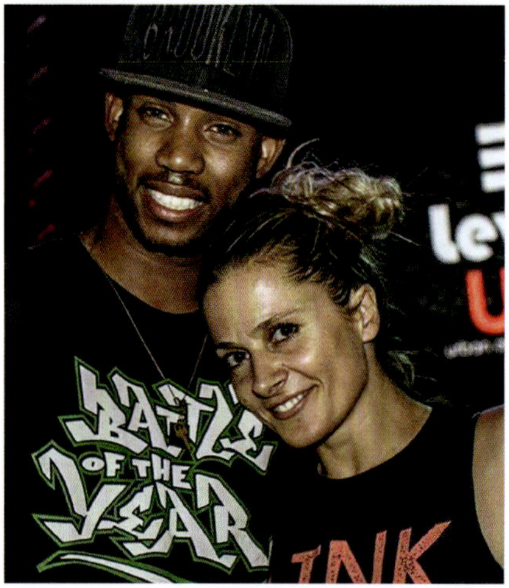
BATTLE OF THE YEAR

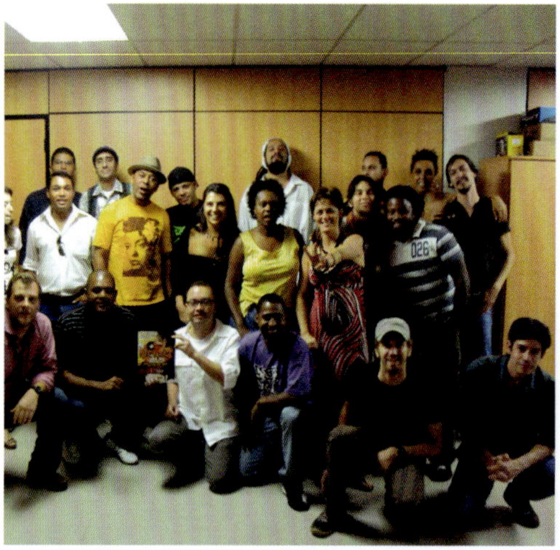

85

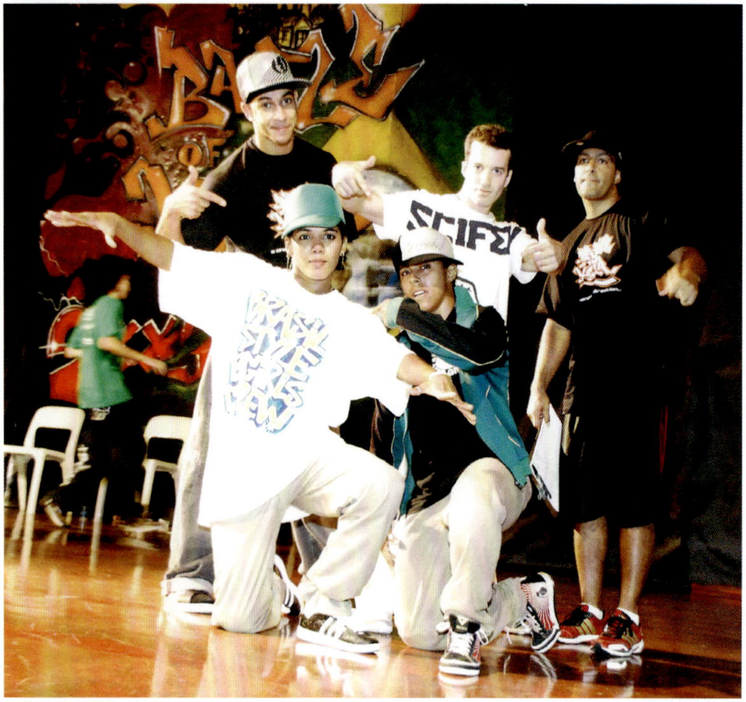

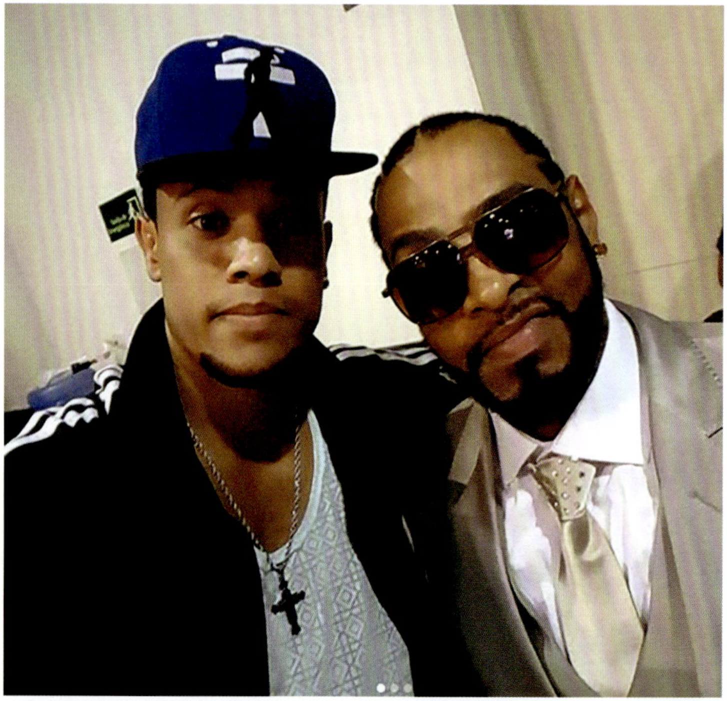

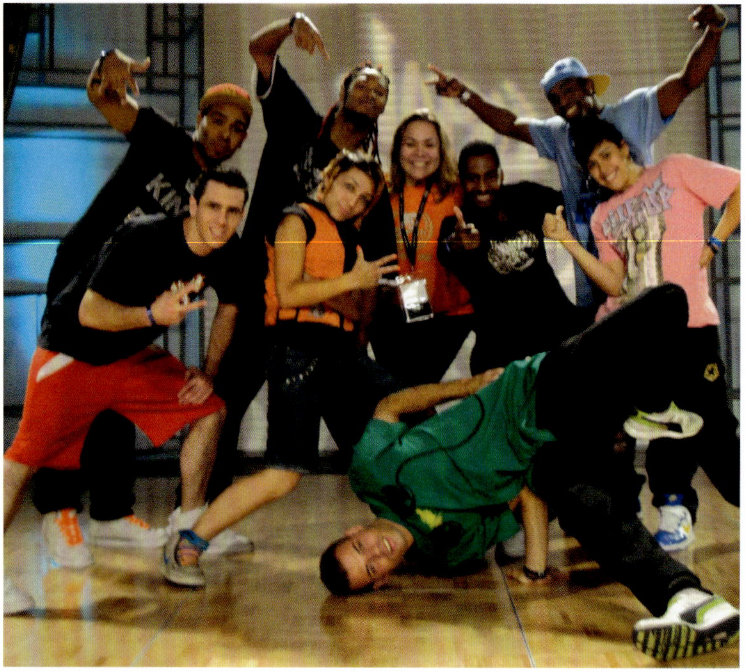

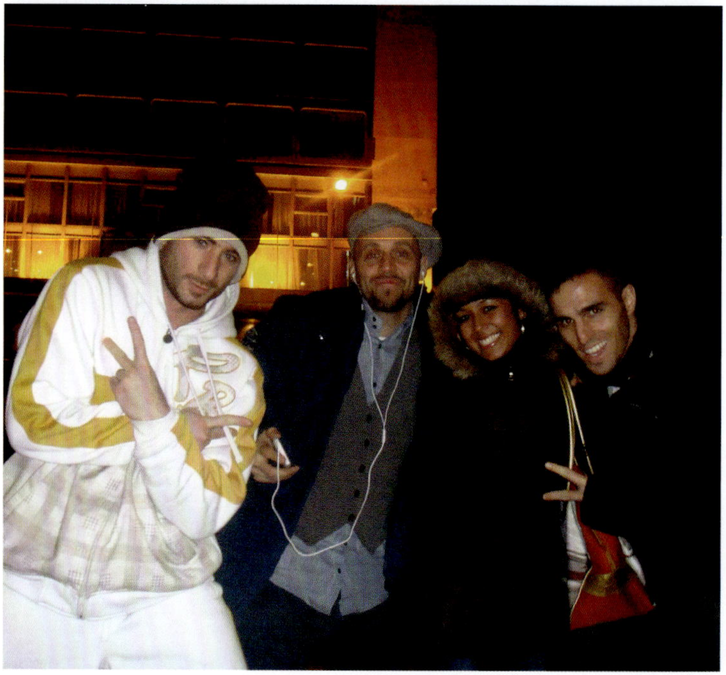

87

88

89

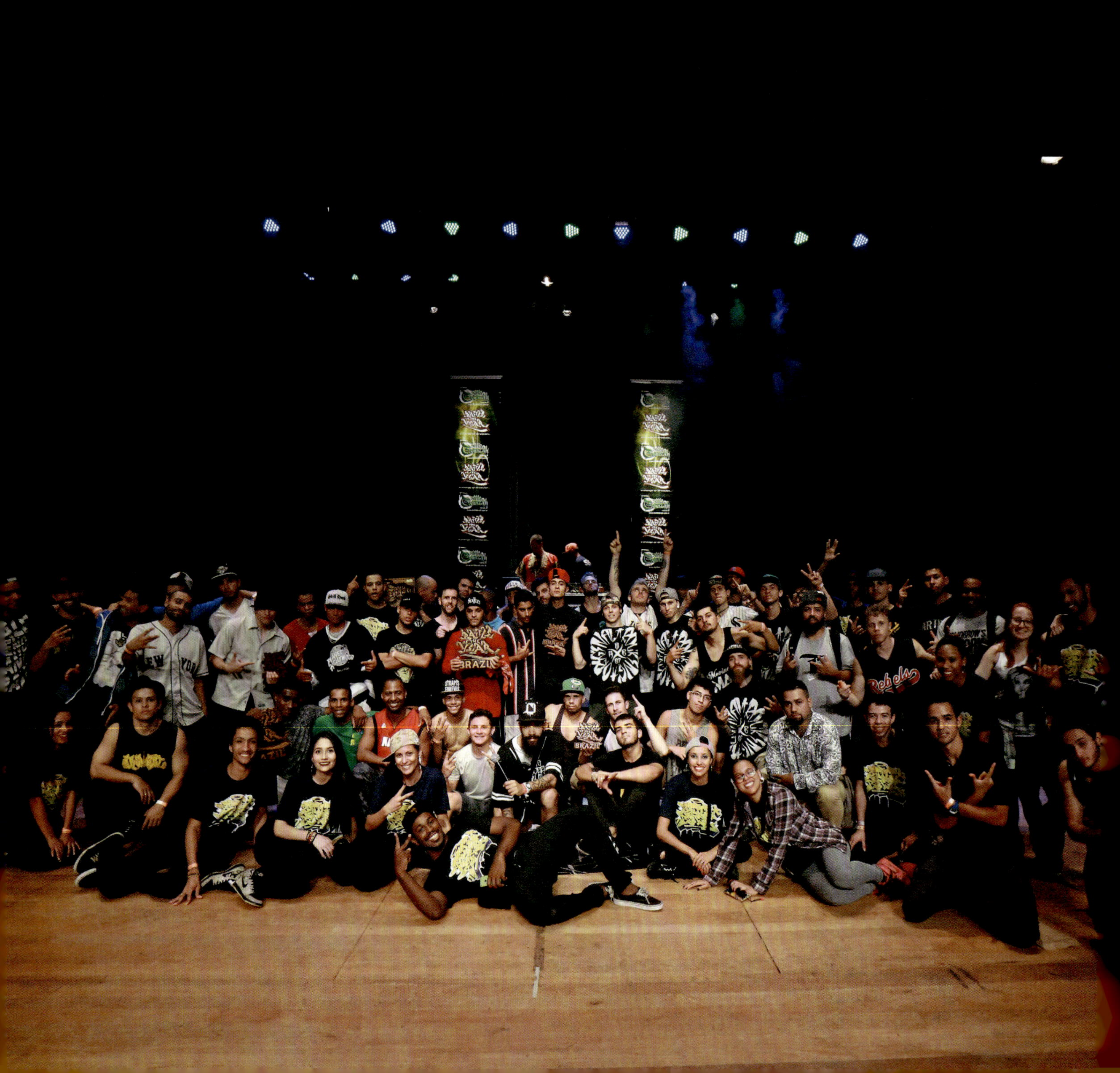
BRAZIL

Cap. 5
Ch.

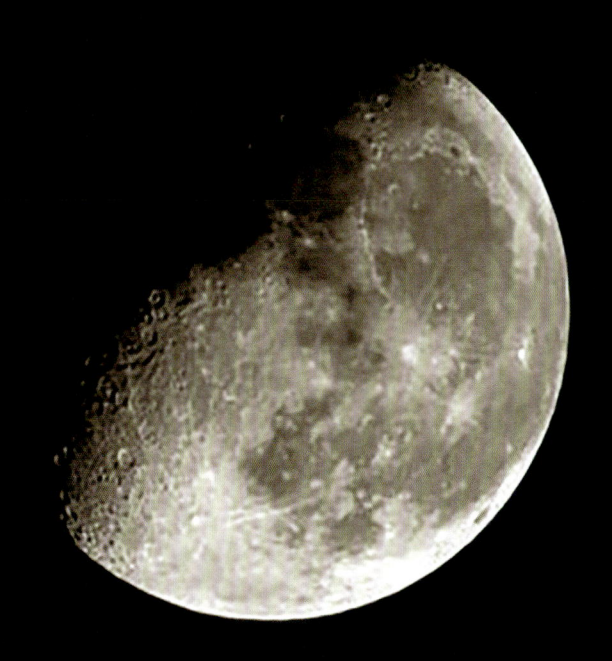

Lua Minguante Convexa
Foto: Time and Date

P
Produção
***P**roduction*

Produção

*"Se tu lutas tu conquistas, vai vendo,
povo brasileiro sofredor, bom exemplo"*
SNJ

#criar #lutar #conquistar

    A Cultura Hip-Hop emergiu como expressão da juventude para criar uma identidade coletiva, ressignificando o passado, elaborando um estilo próprio de se mover, vestir, falar, apelidar pessoas e coisas, ou seja, criando. Portanto, cultivando uma expressão cultural da juventude urbana.
    Não há criação sem luta: produzir eventos, festivais e batalhas nos trouxe inúmeros desafios. Como guerreiros, vencemos e compartilhamos os resultados com todas(os) as(os) envolvidas(os). O Campinas Street Dance Festival, criado em 1999 por Benê Black e Kico Brown foi o primeiro festival específico das linguagens das danças conectadas à Cultura Hip-Hop. E em 2007, iniciou-se uma jornada de produção pela Cia Eclipse: no mesmo ano mergulhamos na produção da Battle Brazil e da International Battle Of The Year, inaugurando um ciclo em enviar *crews* brasileiras para as finais mundiais na Alemanha e posteriormente na França; além de realizar uma edição especial da Battle Brazil com *crews* convidadas, como atração cultural das Olimpíadas Rio 2016.
    As 7 emoções norteadoras: ansiedade, desejo, alegria, medo, nostalgia, triunfo, satisfação. Na produção, no cuidado com os detalhes, no dia dos eventos, na pós-produção. Um fluxo que contribuiu para a capacitação de inúmeros jovens artistas.

Production

*"If you fight, you win, you know,
suffering Brazilian people, is a good example"*
SNJ

#create #fight #conquer

Hip-Hop Culture emerged as an expression of youth to create a collective identity, giving new meaning to the past, developing a unique style of moving, dressing, talking, naming people and things, that is, creating. Therefore, cultivating a cultural expression of urban youth.

There is not a creation without a struggle: producing events, festivals and battles brought us countless challenges. As warriors, we win and share the results with everyone involved. The Campinas Street Dance Festival, created in 1999 by Benê Black and Kico Brown was the first specific festival of dance languages connected to Hip-Hop Culture. And in 2007, a journey of production by Cia Eclipse began: in the same year we focused into the production of Battle Brazil and the International Battle Of The Year, opening for the first time a cycle in sending Brazilian crews to the world finals in Germany and later in France; in addition to holding a special edition of Battle Brazil with guest crews, as a cultural attraction of the Rio 2016 Olympics.

The 7 guiding emotions: anxiety, desire, joy, fear, nostalgia, triumph, satisfaction. In production, we really cared for each detail, on the day of events, in post-production. A flow that contributed to the training of countless young artists.

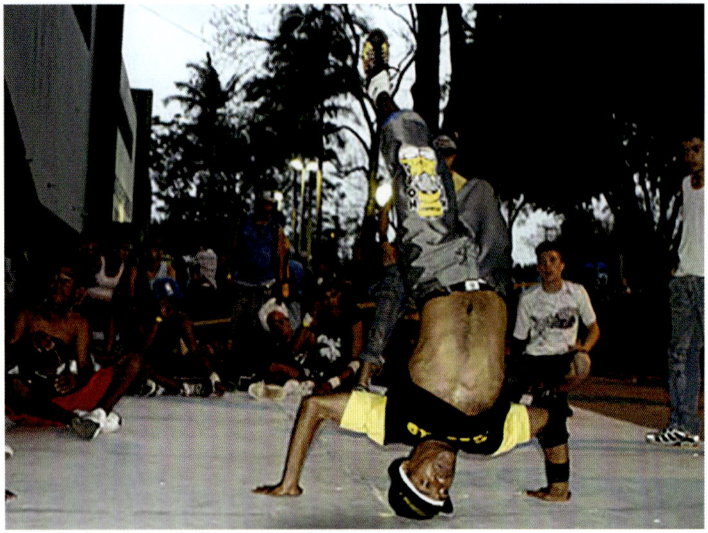

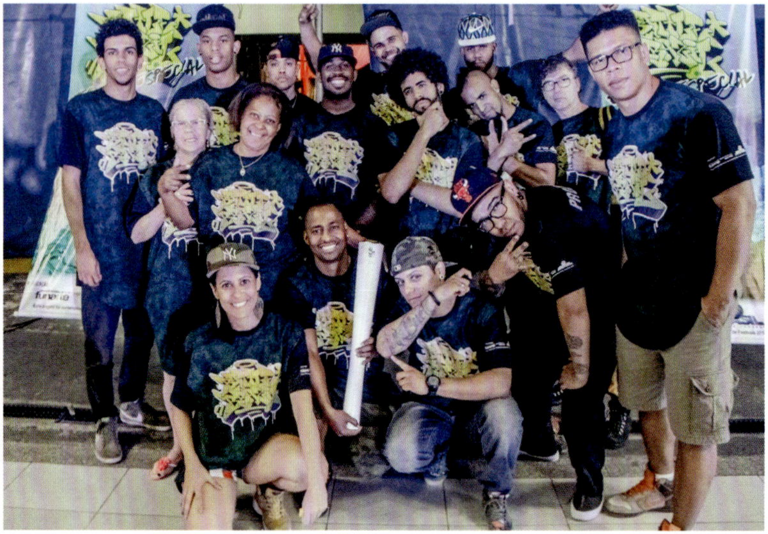

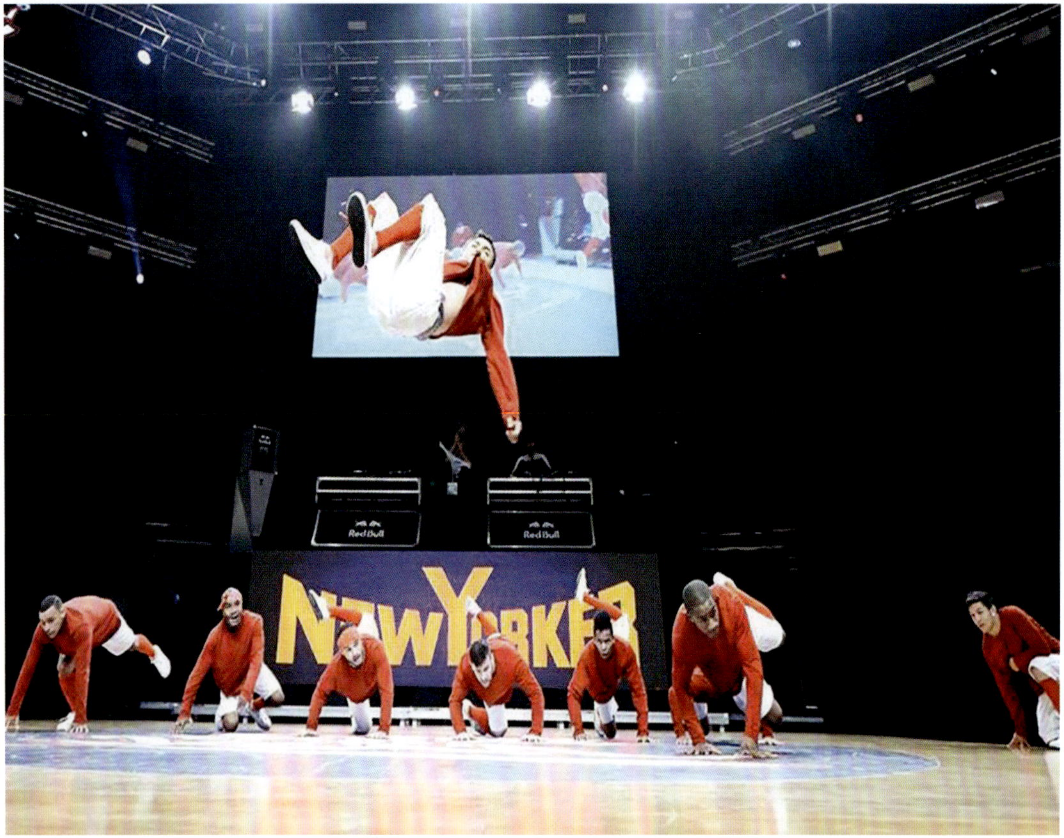
Red Bull
Red Bull

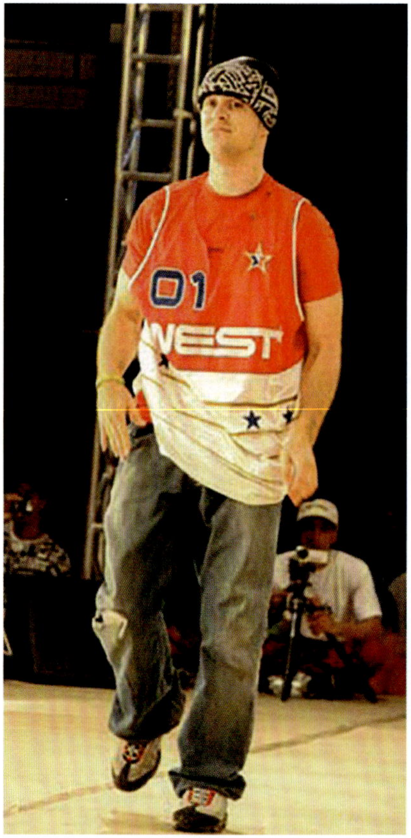
01
WEST

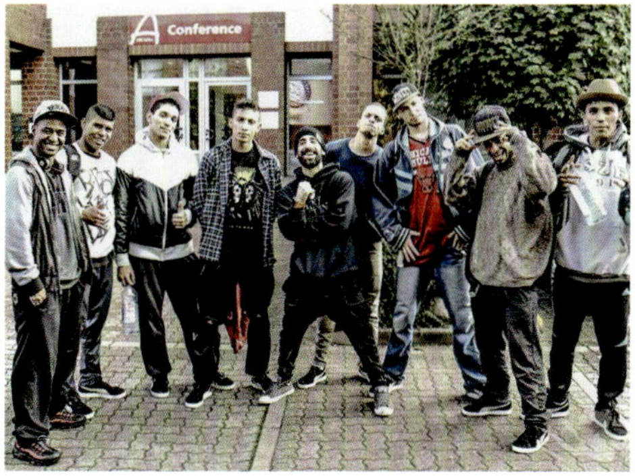
Conference

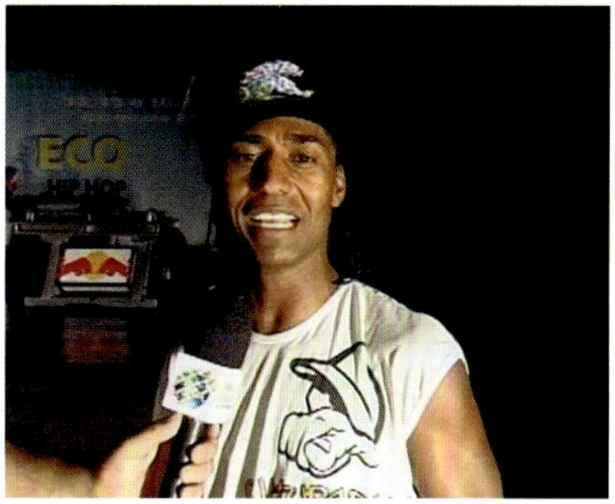
ECO

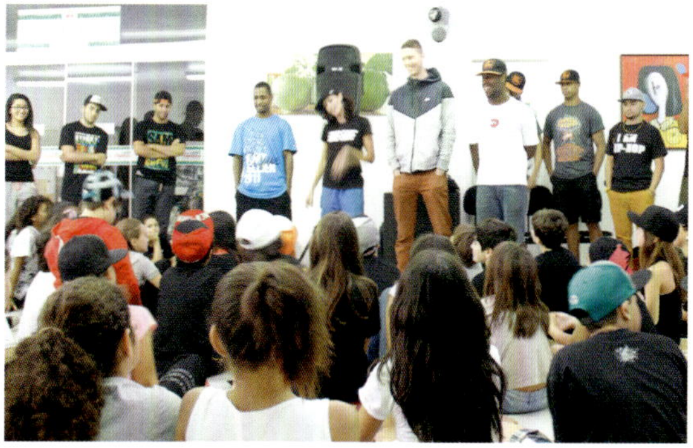

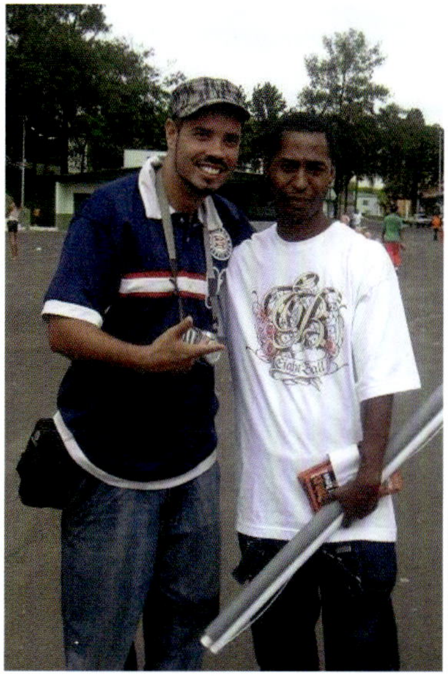

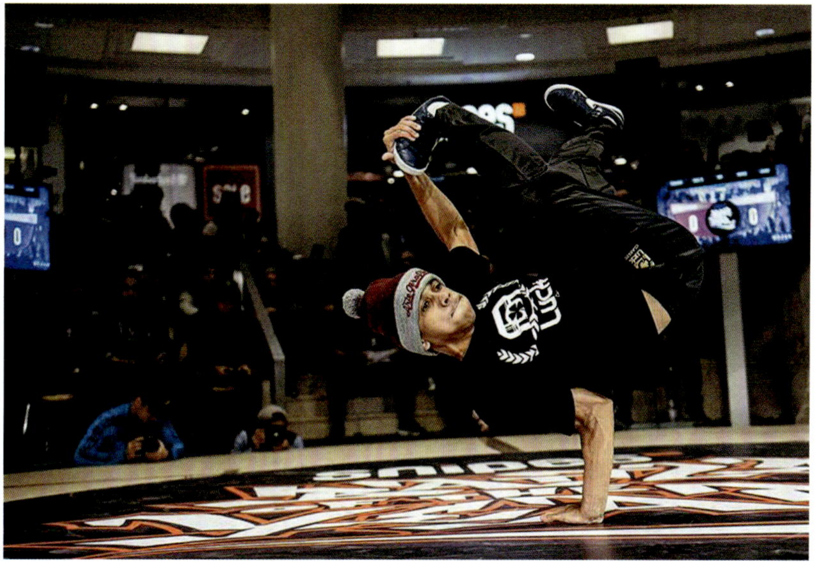

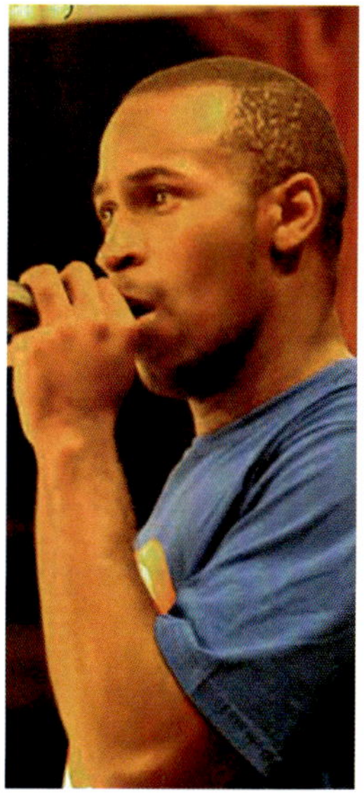

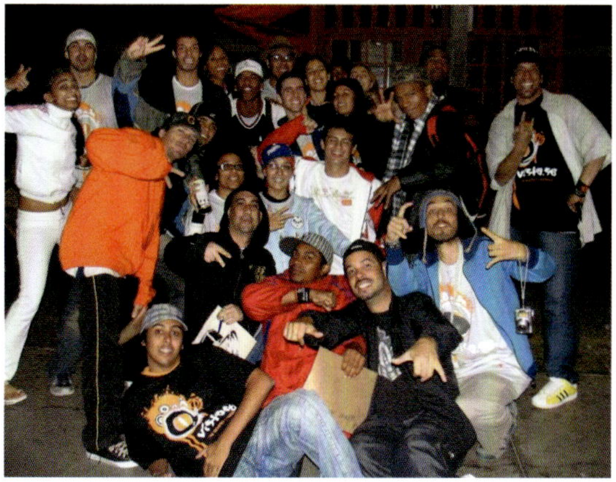

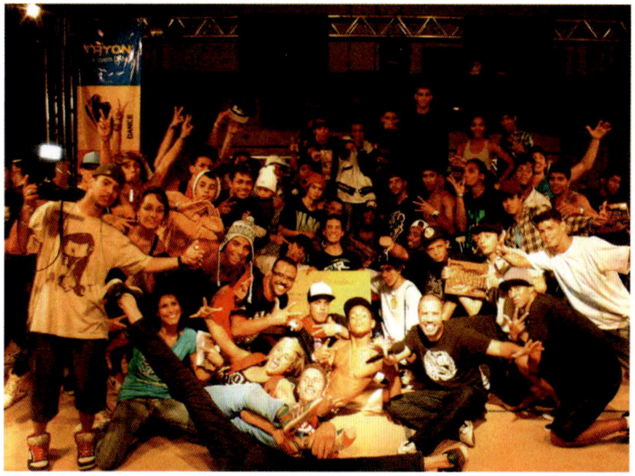

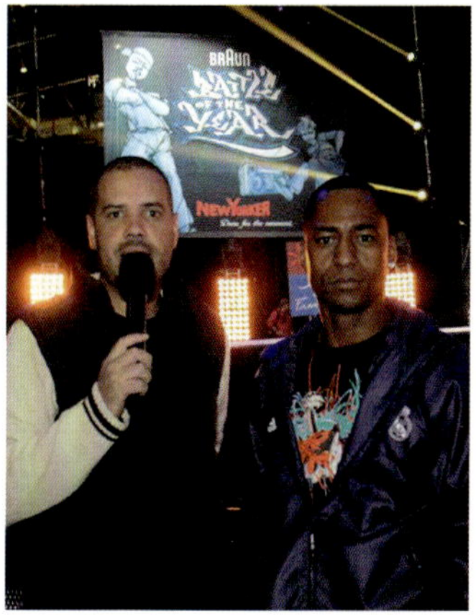
NEW YORKER

96

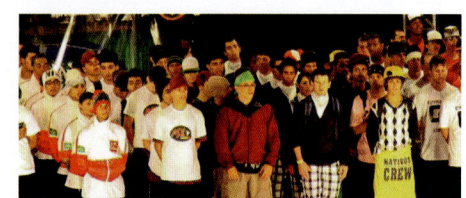

97

BATTLE BRAZIL
BATTLE BRAZIL

www.battlebrazil.com.br

present
BATTLE OF THE YEAR
BRAZIL

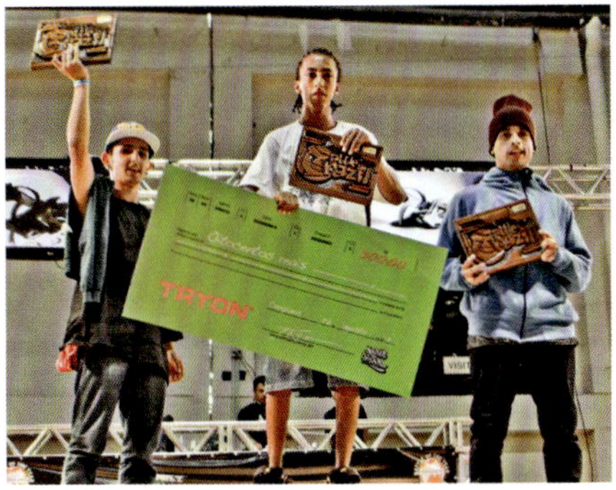

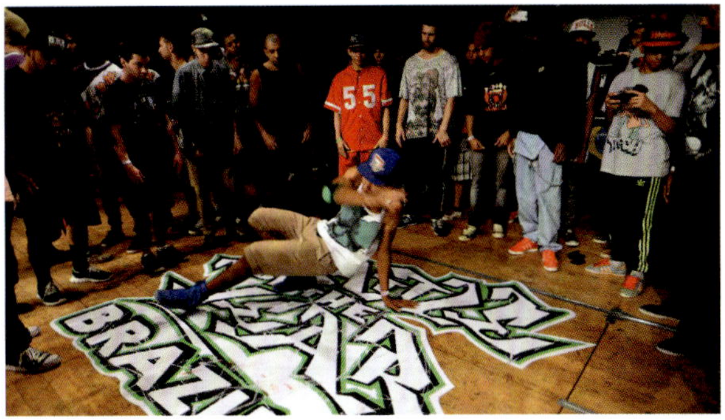

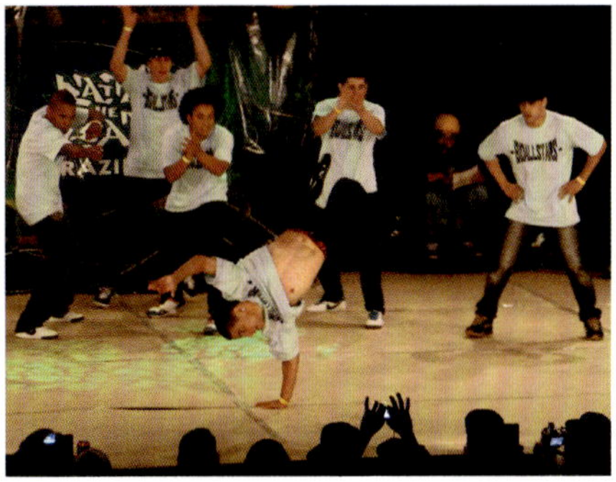

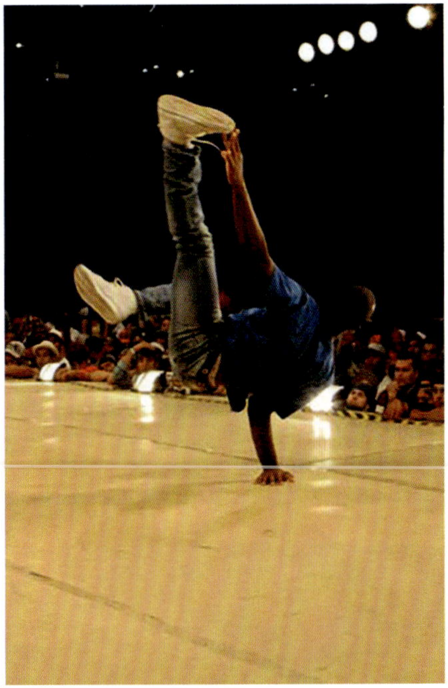

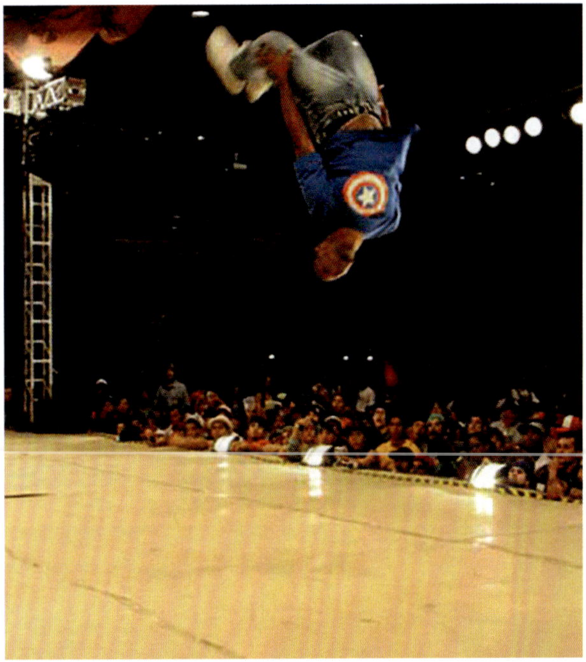

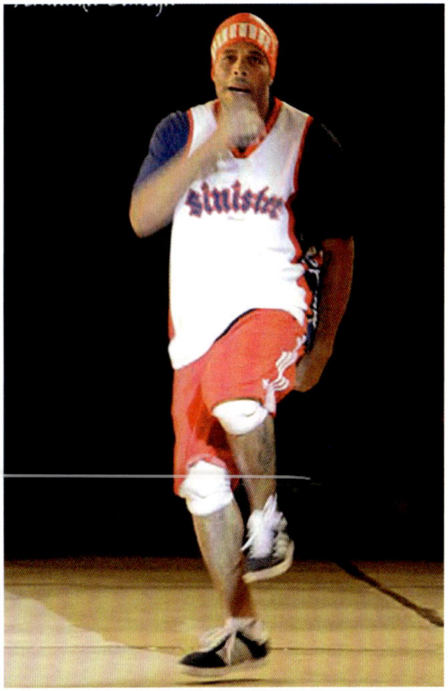

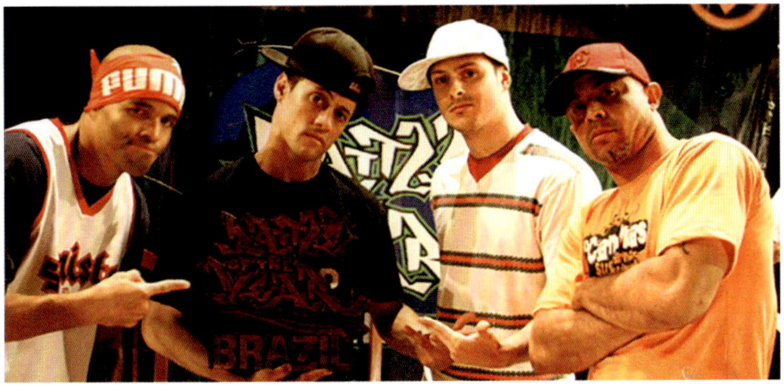

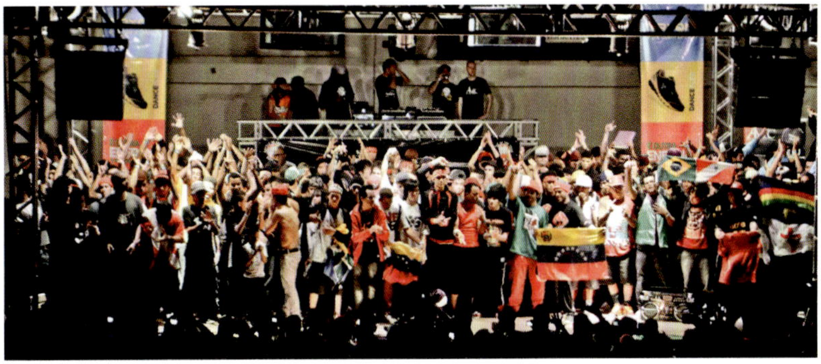

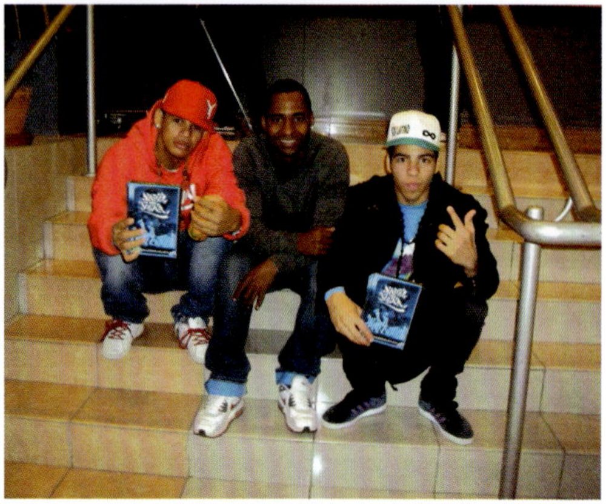

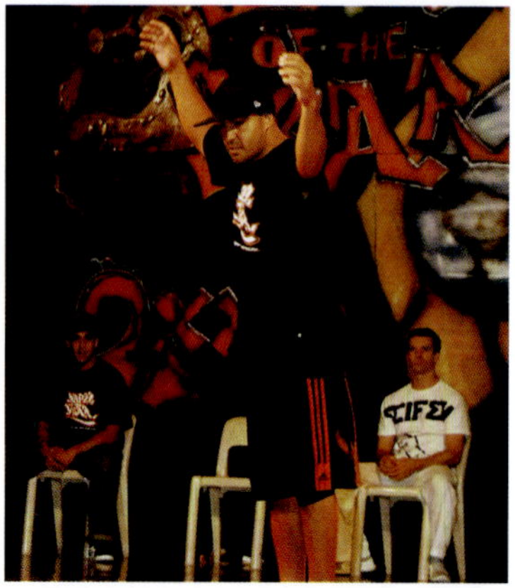

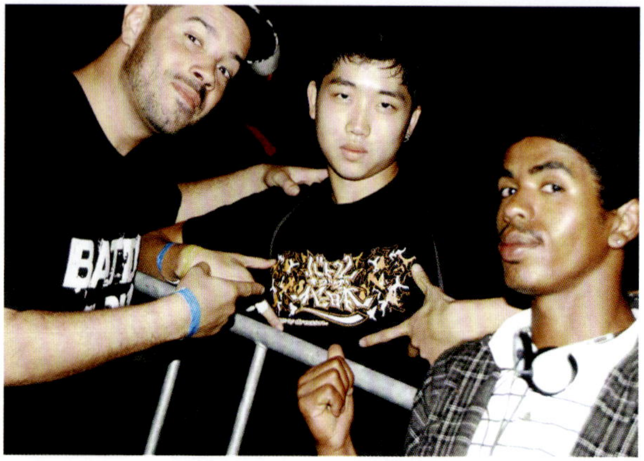

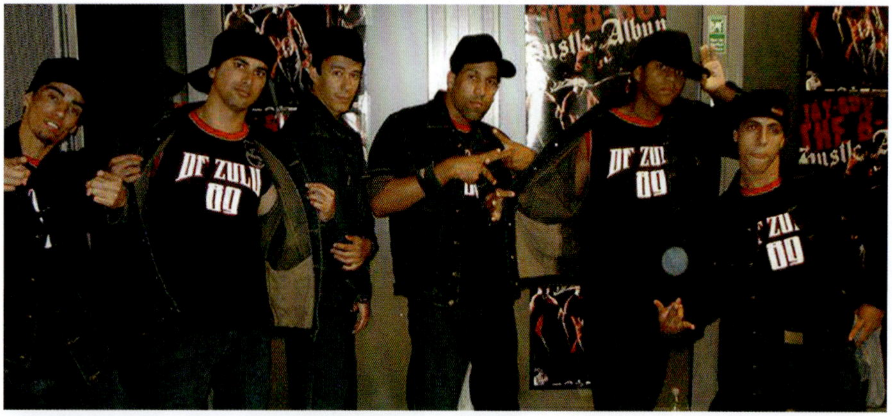
DF ZULU
09

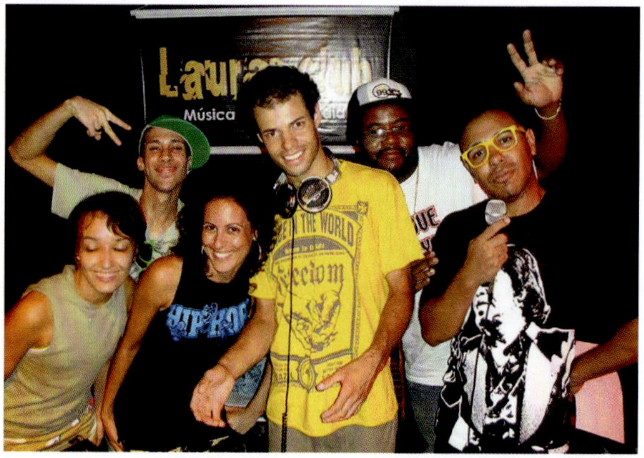
Música

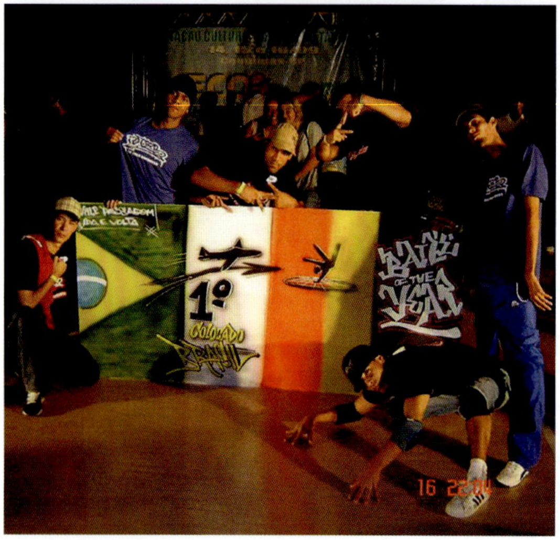
1º

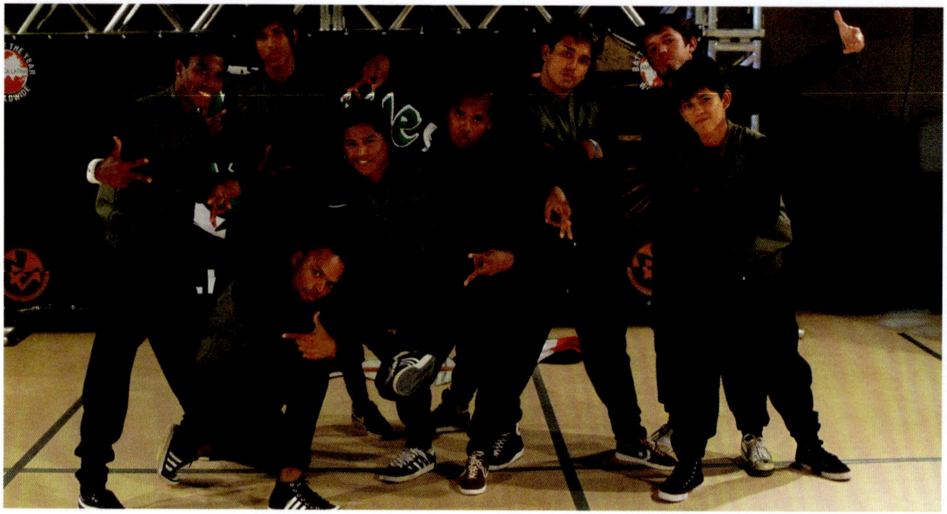

101

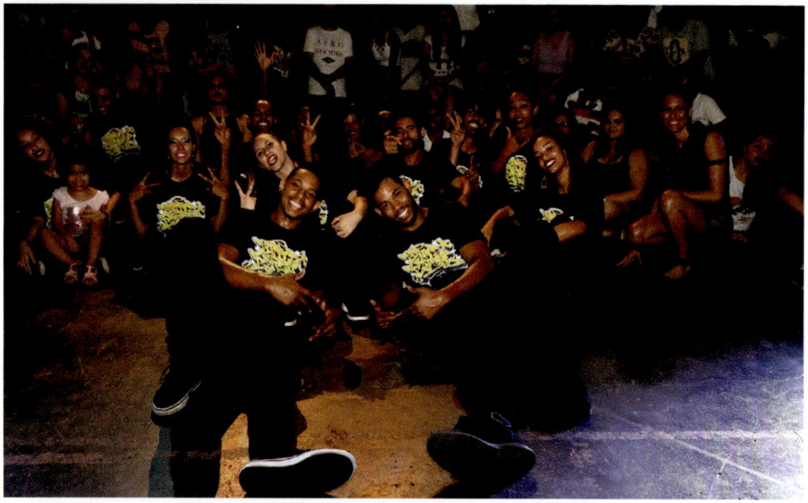

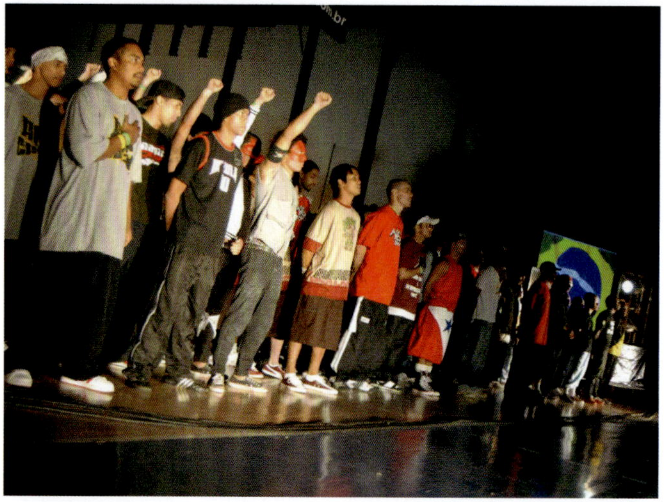

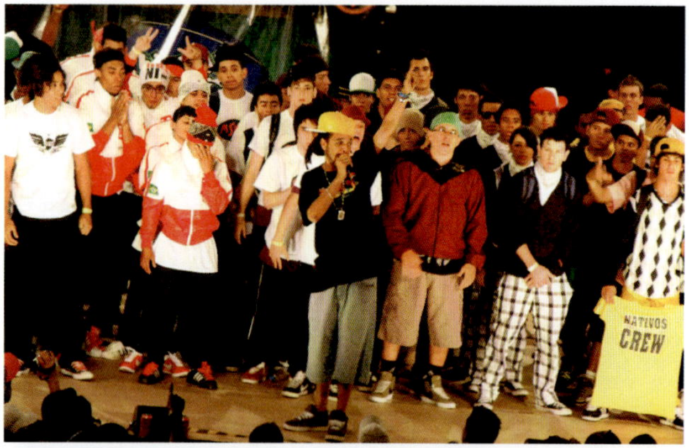
NATIVOS
CREW

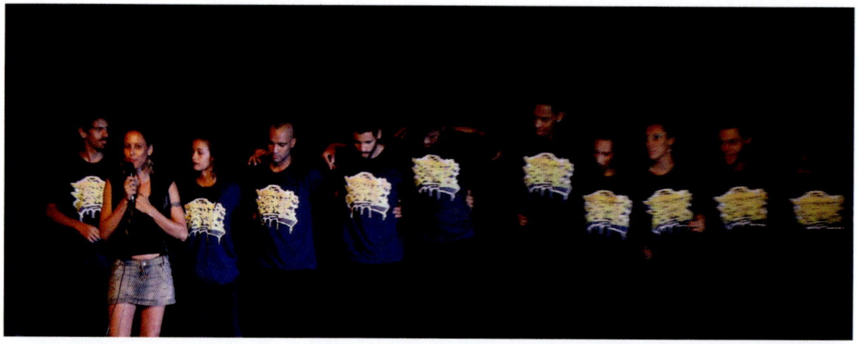

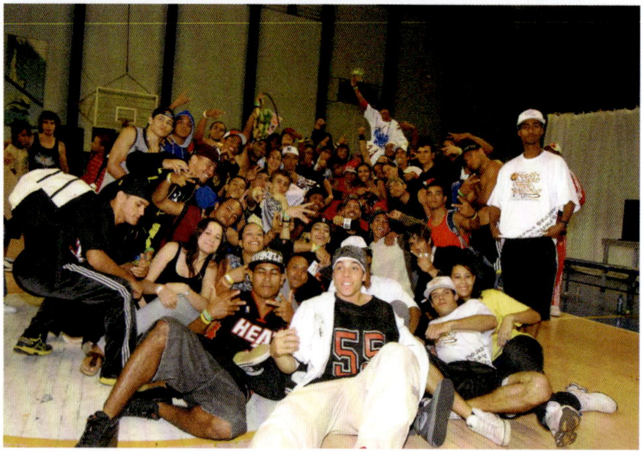
HEAT
55

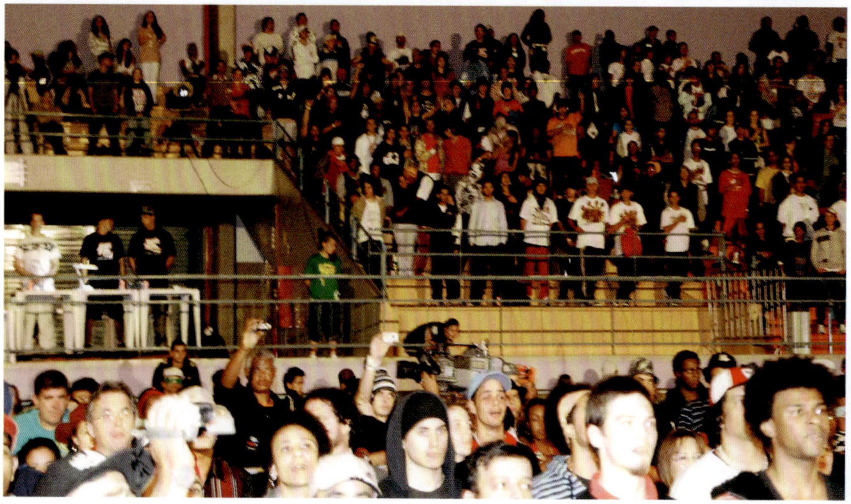

103

104

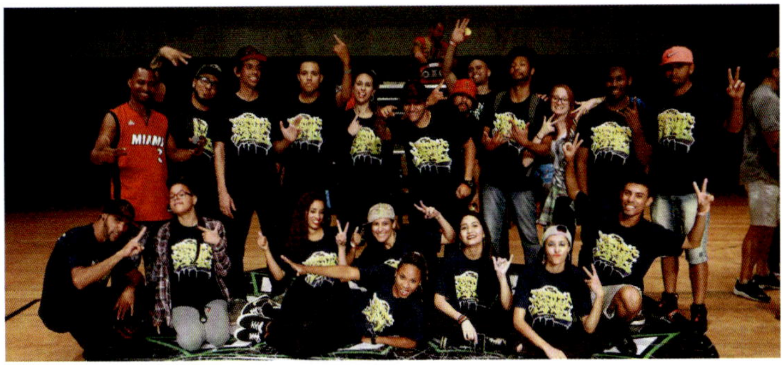

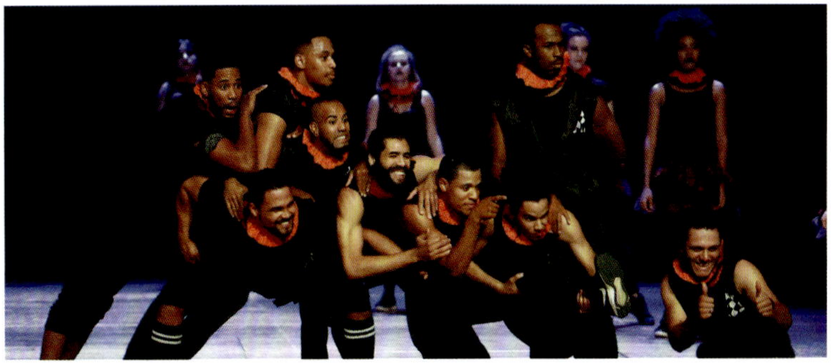

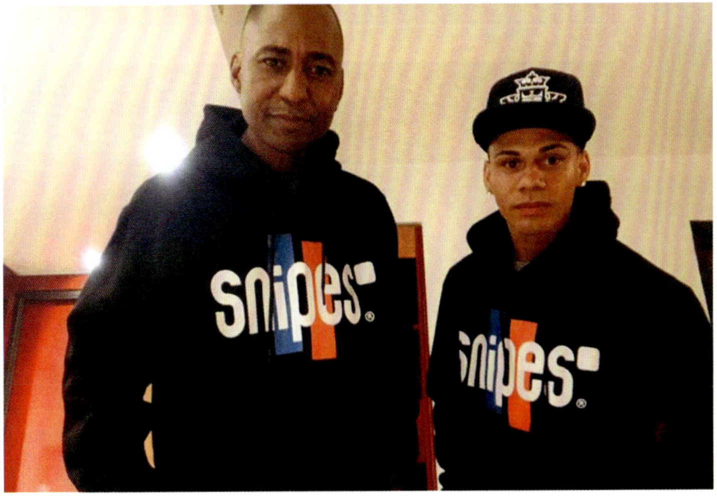
snipes
snipes

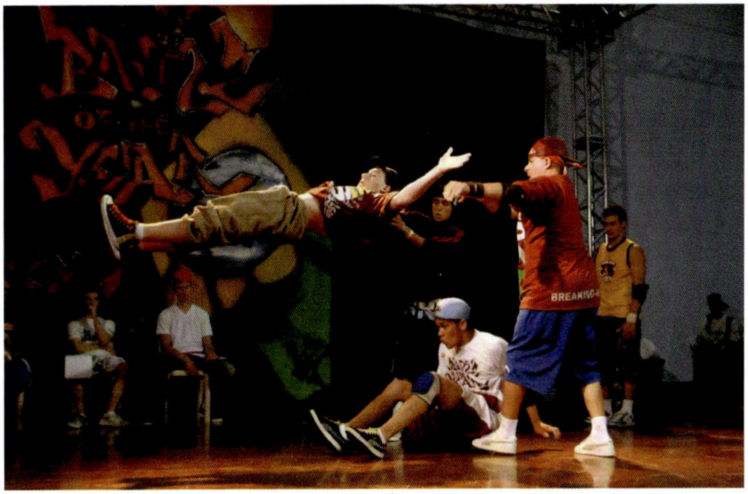

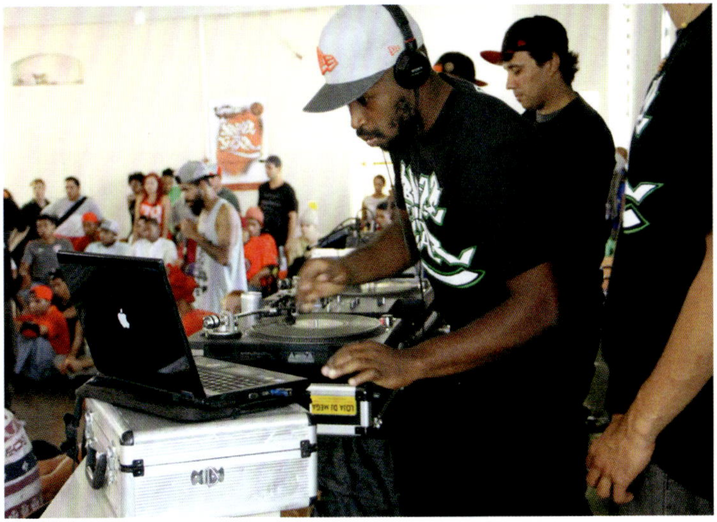

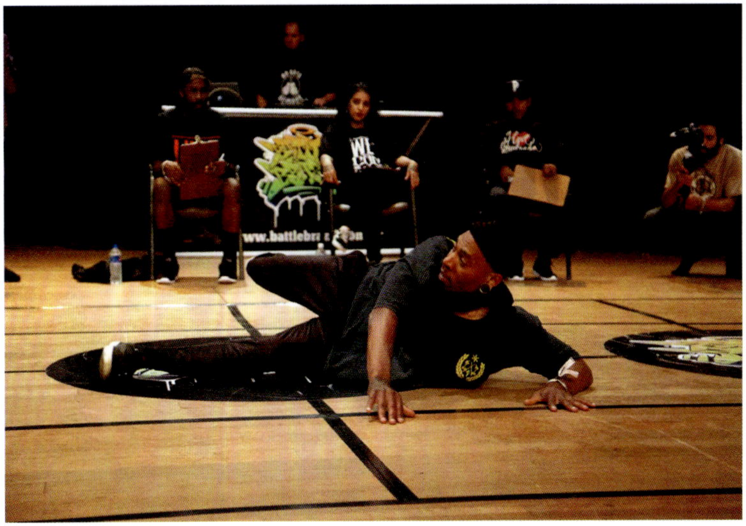

106

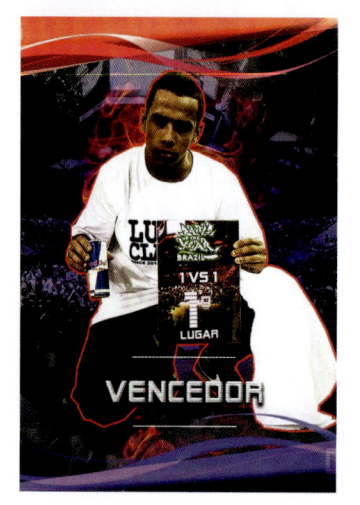

107

BATTLE OF THE YEAR
a change of direction...
CRUMBS EUA
B.BOY EXTREMO ESPANHA
FLOMASTER EUA
8º Campinas Street Dance Festiv
EDIÇÃO ESPECI
PROGRAMAÇÃO GRATUITA - D
06/AGO SÁBADO
19:00H SHOWCASE BREAKING
07/AGO DOMINGO
16:00H JAM ENCONTRO DE DANÇARINOS
19:00H BATALHA
09/AGO TERÇA
16:00H OFICINA POPPING PALESTRA LIVRO DANÇA DE RUA
19:00H
www.battlebrazil.com.br
contato@battlebrazil.com.br
(19) 3271-0695 | 7811-6060
BATTLE BRAZIL
KID DAVID
PELEZINHO
RENAN RENCIK
SHOWCASES
DJ KIDMASTER
DJ MS JAY
AIMEC
start
MC NEGRESCO
MC KIKO POPPER
BBOY ARY
DESDE 1999
CAMPINAS STREET
AULAS ABERTAS - FÓR
LOCAL: E
30/9, 01
www.bat
Teatro Municipal
Centro de Conviv
SESC
STREET DANCE FESTIVAL
17:00hs - GINÁSIO DO
R$ 3,00
Culturais de Campinas apresentam
05 e 0
SETEMB

1º Encontro Junior
NOVOS TALENTOS
CIA ECLIPSE CULTURA E ARTE apresenta:
OFFICIAL BATTLE OF THE YEAR 2011
BATTLE OF THE YEAR
América Latina
27 e 28 de Agosto
GINÁSIO DO GUARANI
CAMPINAS - SP
COMPLETANDO 5 ANOS
Fazendo a nossa história
BOTY BRAZIL agora é BOTY AMÉRICA LATINA.
Jurados
B.boy MACHINE
B.boy LIL-G
B.boy NEGUIN
B.boy ALEMÃO
DJs
DJ ANDRE MOTTA
DJ LEO MOLOGNI
DJ MS JAY
DJ PunkHead
DJ POGO
www.battlebrazil.com.br
(19) 3271-0695 | 9277-0773 | 9251-4603
URSOS, AULAS ABERTAS
ATALHAS, COMPETIÇÕES,
RUM, PISTA LIVRE...
OW SALAH (FRA),
STRA LIVRE,
MINATÓRIA BOTY-Brazil
Salah (FRA)
a change
HORÁRIOS
10/AGO
FEITURA MUNICIPAL DE CAMPINAS, SECRETARIA DE CULTURA E FUNDO DE INVESTIMENTOS CULTURAIS DE CAMPINAS-2018
10º Campinas Street Dance Festival
ESPETÁCULOS
FESTIVAL COMPETITIVO
BATTLE HIP HOP

CIDADE vs CIDADE
21 E 22 MARÇO 2009
LOCKING
Fashion Dance
BRAZIL
Litoral Sul

Cap. 6
Ch.

S

Superação
ReSilience

Lua Quarto Minguante
Foto: Astrosurf

Superação

*"É necessário sempre acreditar que o sonho é possível,
que o céu é o limite e você, truta, é imbatível"*
Racionais MC's

#coragem #perseverança

Assimilar as diferenças entre as gerações e, portanto, os movimentos juvenis de cada período, torna-se relevante para entender a configuração das nossas danças. Evidencia a partir das condutas dos #somas culturais históricos, as singularidades e vínculos de solidariedade, como também a competição social, dentro de uma unidade geracional.

Demonstrar força e um tônus muscular elevado, fruto da estética destas danças e das batalhas e competições que caminham paralelamente a esta Cultura.

E sabemos que a Cultura e a Arte não se resumem a isso, entendemos que estamos travando lutas internas com nosso subconsciente, mesmo fora dos palcos e das *cyphers*, para viver e se expressar, resultado dos constantes conflitos, reflexos da colonização e os inúmeros preconceitos que surgem a partir dessas lutas.

As competições e batalhas representam, em um campo maior, coragem para lutar e conquistar, enfrentar medos e desafios. Iluminam a mente e trazem um gerenciamento mais atento às emoções.

Marcos históricos neste caminho: vitória no Bronx (EUA), na Battle de Top Rock com Léo Mologni, maior nota do Festival Internacional de Taubaté (ENCUT), entre diferentes modalidades de dança, e as competições do Hip-Hop International em Las Vegas e San Diego (EUA) e toda a jornada de eliminatórias.

ReSilience

*"IIt is always necessary to believe that the dream is possible,
that the sky is the limit and you, brother, are unbeatable"*
Racionais MC's

#courage #perseverance

Assimilating the differences between generations and, therefore, the youth movements of each period, it becomes relevant to understand the configuration of our dances. From the conduct of historical cultural #somas (somatics = body) it shows the singularities and bonds of solidarity, as well as social competition, within a generational unit.

Demonstrating strength and high muscle tone, the result of the aesthetics of these dances and the battles and competitions that go hand in hand with this Culture.

We also know that Culture and Art are not just that, we understand that we are fighting internal struggles with our subconscious, even outside the stages and cyphers, to live and express themselves, as a result of constant conflicts, colonization reflexes and countless prejudices that arise from these struggles.

Competitions and battles represent, on a larger field, the courage to fight and conquer, to face fears and challenges. They enlighten the mind and bring more attentive management to emotions.

Historic milestones on this path: our victory in Bronx (USA), Léo Mologni in the Battle of Top Rock, the highest score at the International Festival of Taubaté (ENCUT), among different dance modalities, and the Hip-Hop International competitions in Las Vegas and San Diego (USA) and the entire qualifying journey.

114

115

HIP HOP INTERNATIONAL

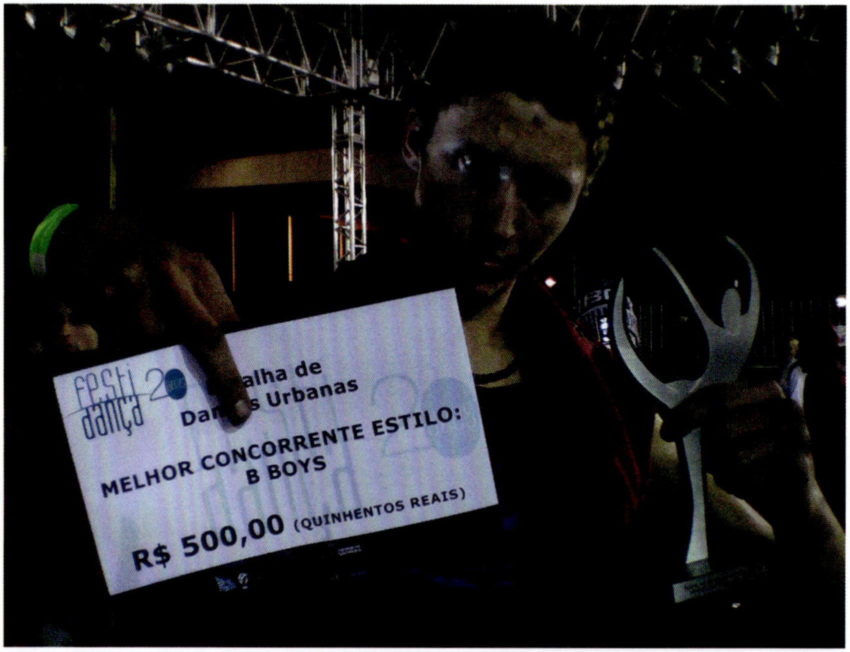
MELHOR CONCORRENTE ESTILO:
B BOYS
R$ 500,00 (QUINHENTOS REAIS)

CULTURA D'RUA HIP HOP

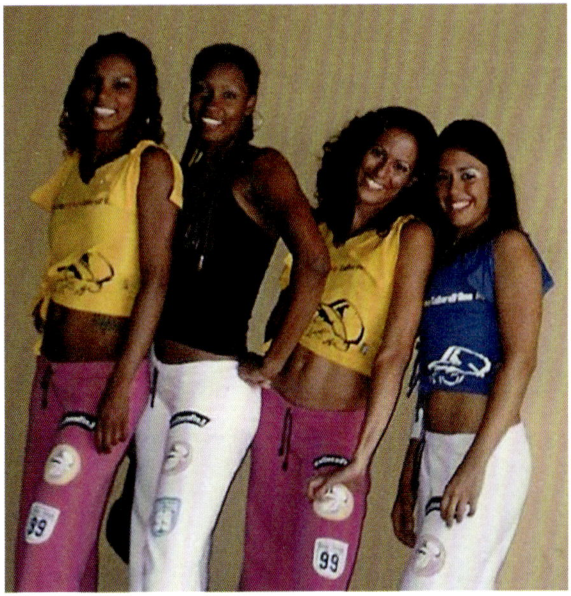

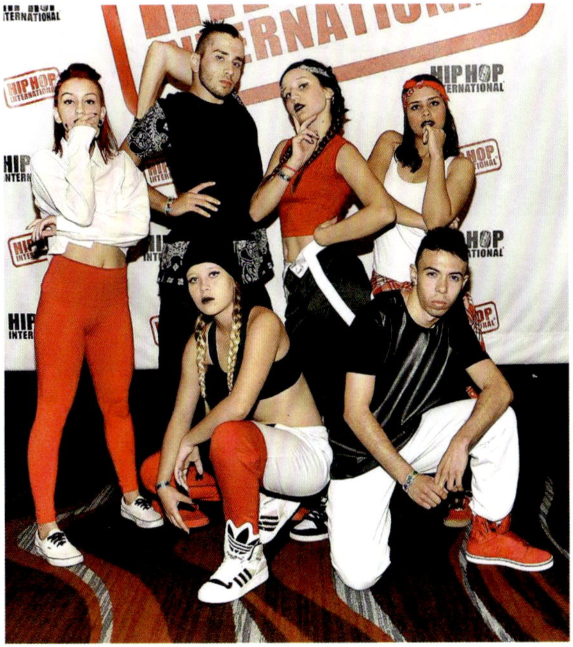
HIP HOP INTERNATIONAL

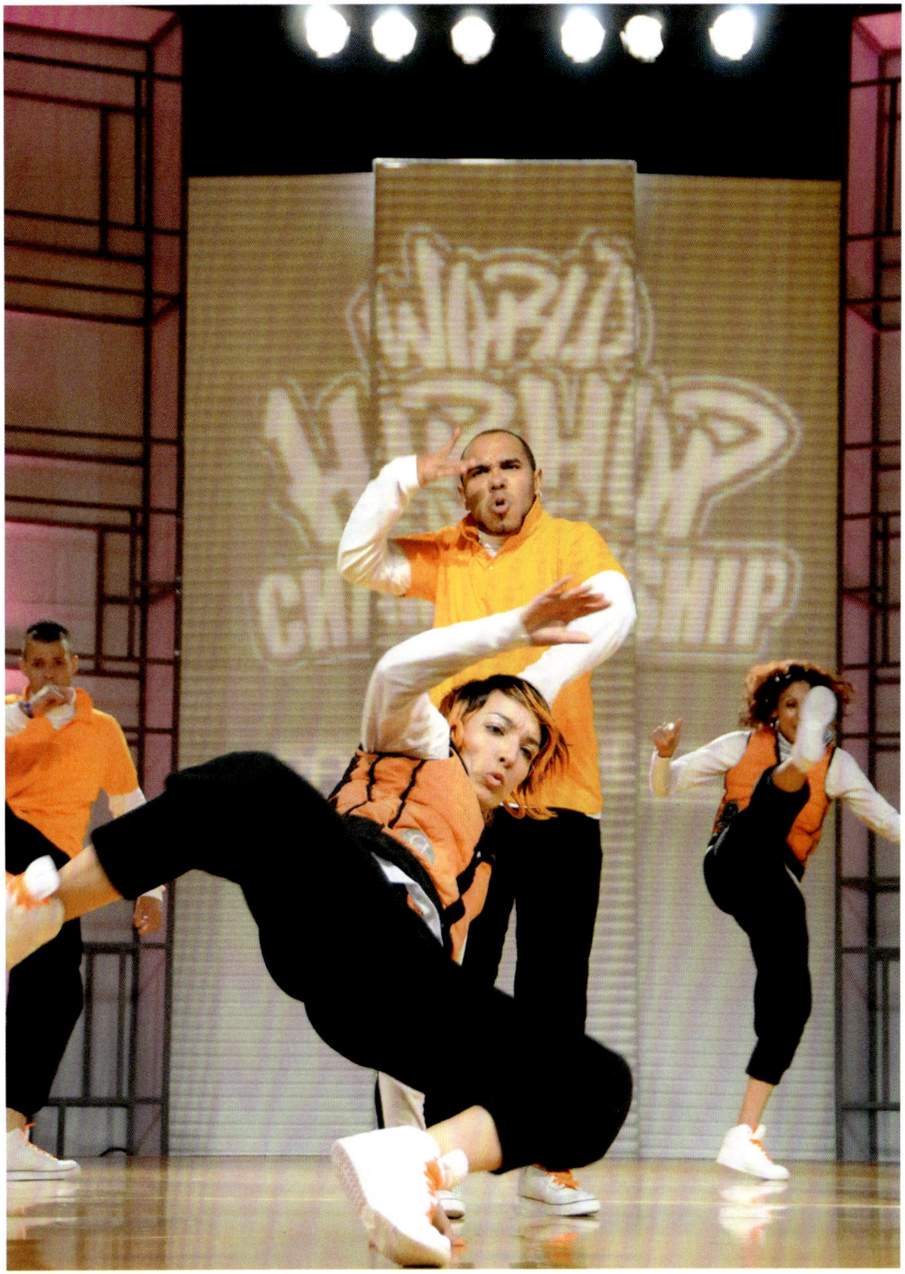

HEAT
32

EXIT

ECLIPSE

streetculture
Rodrigo Araujo e Alexandre Snoop
ÉBRIO

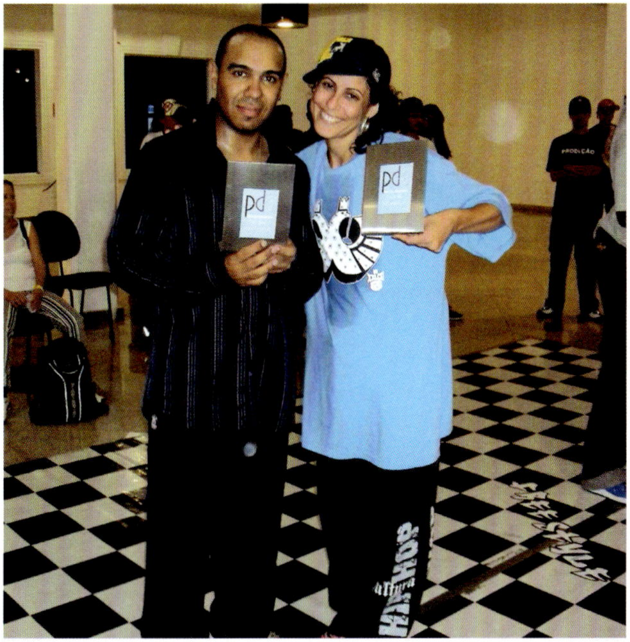
pd
pd
HIP HOP

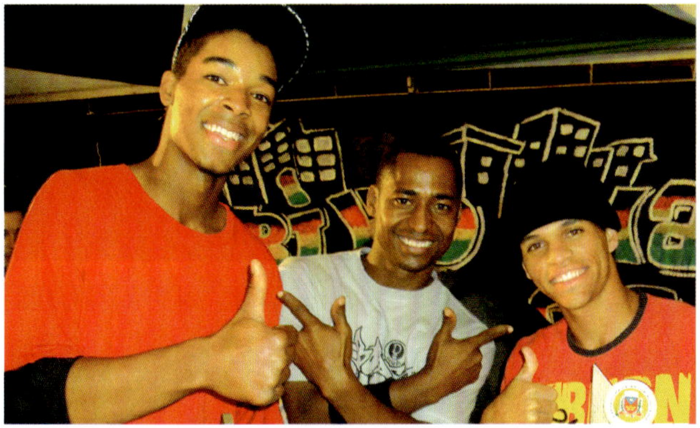

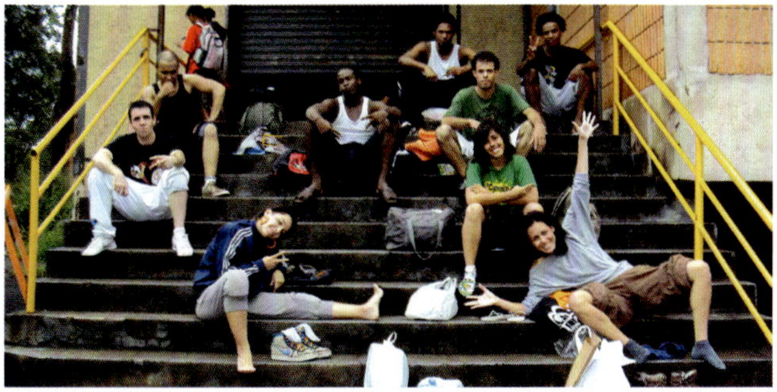

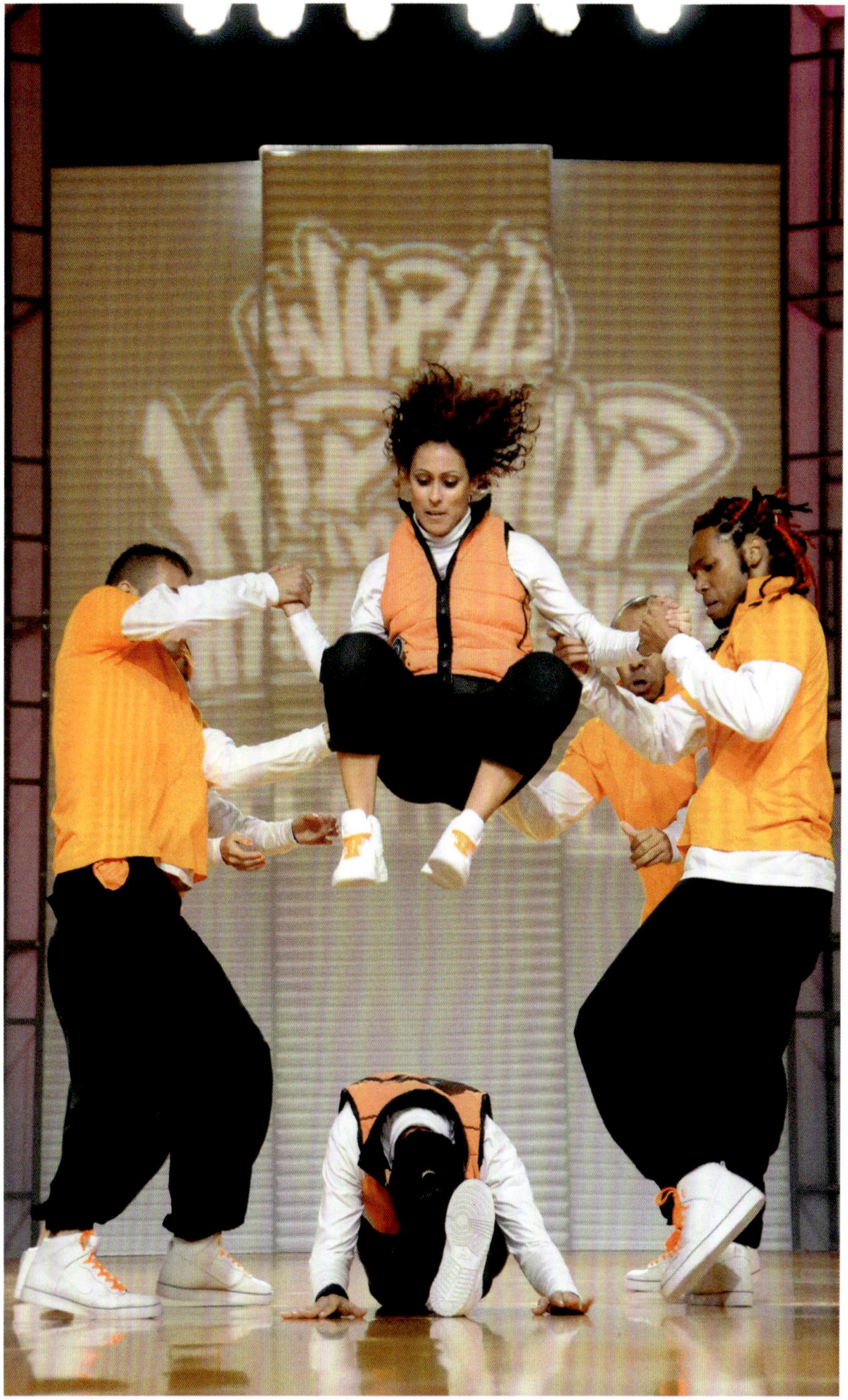

120

121

122

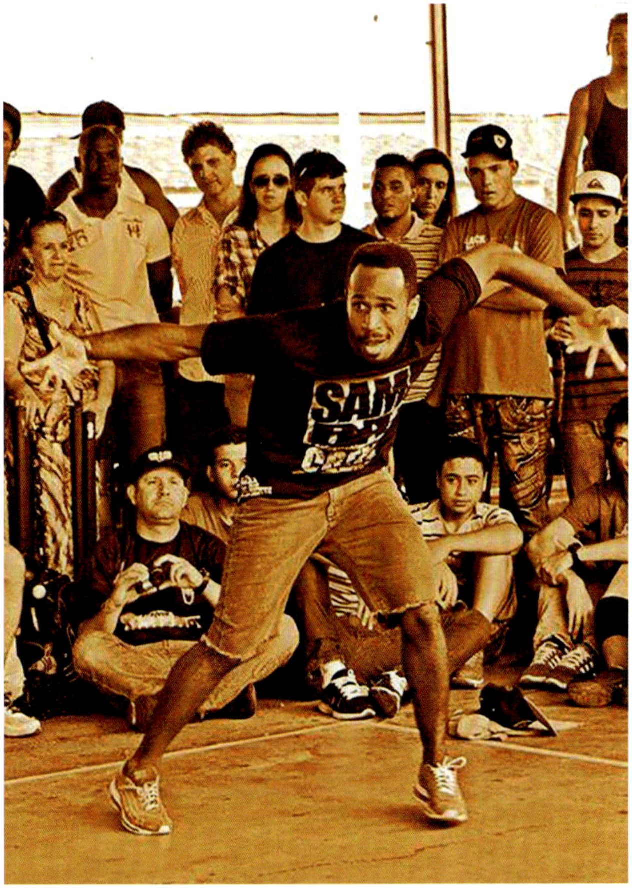

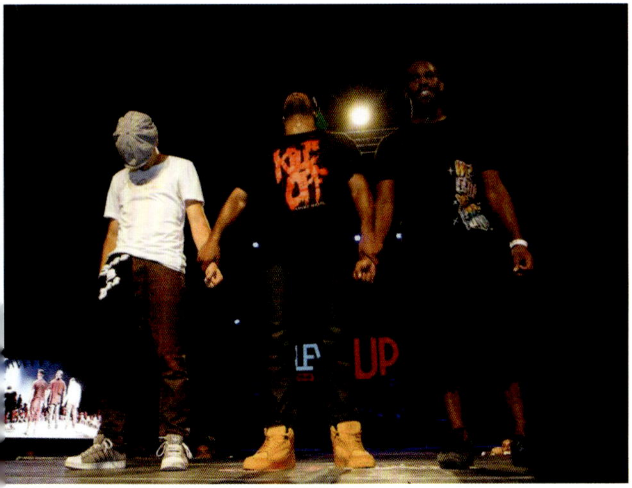
UP

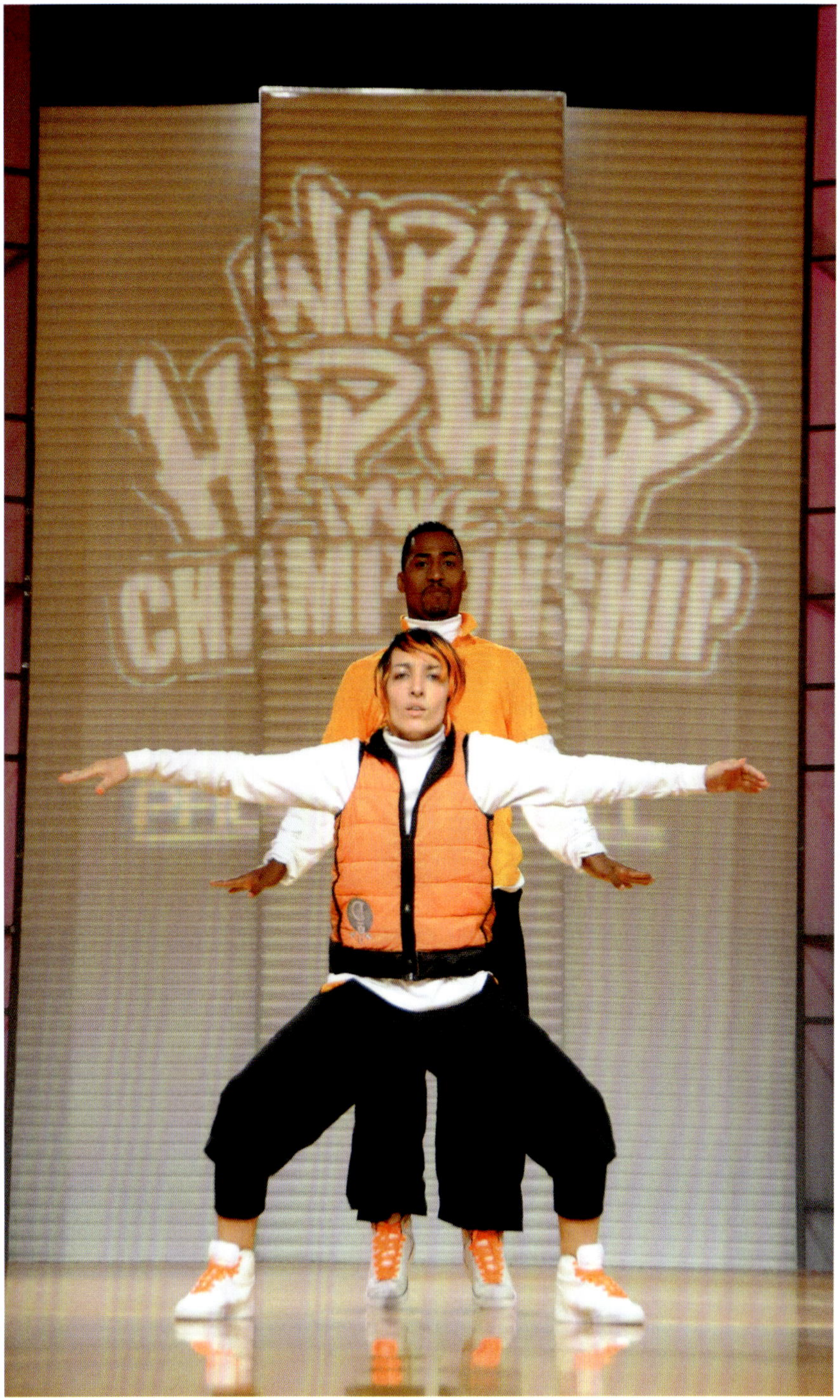
HIPHOP

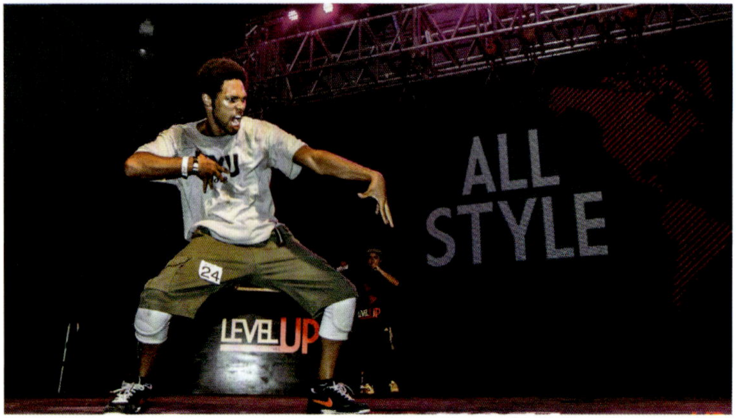
ALL
STYLE
LEVEL UP
24
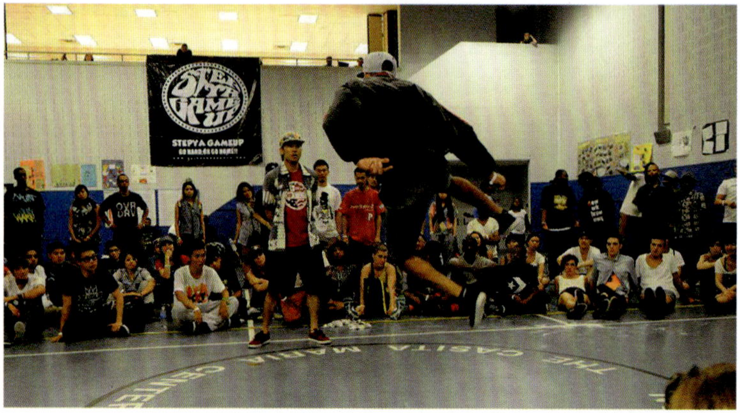
STEPYA GAMEUP
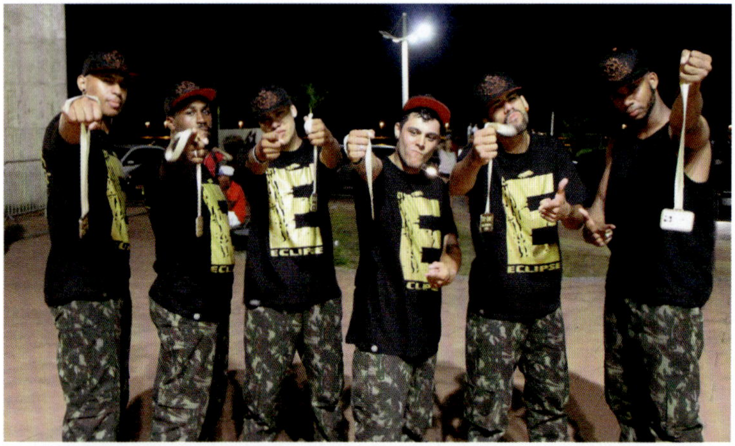
ECLIPSE
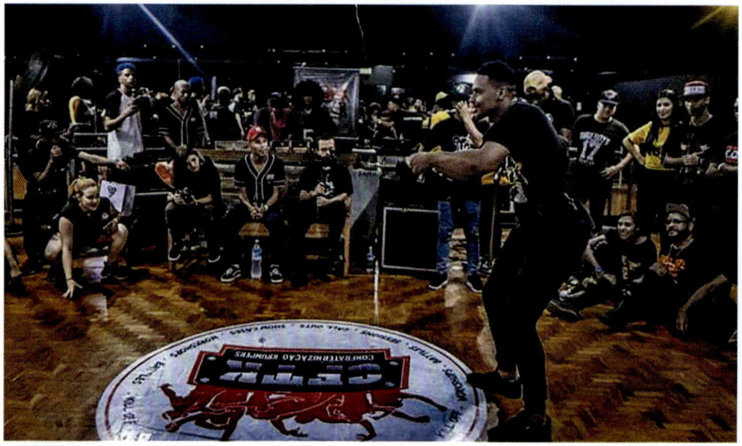
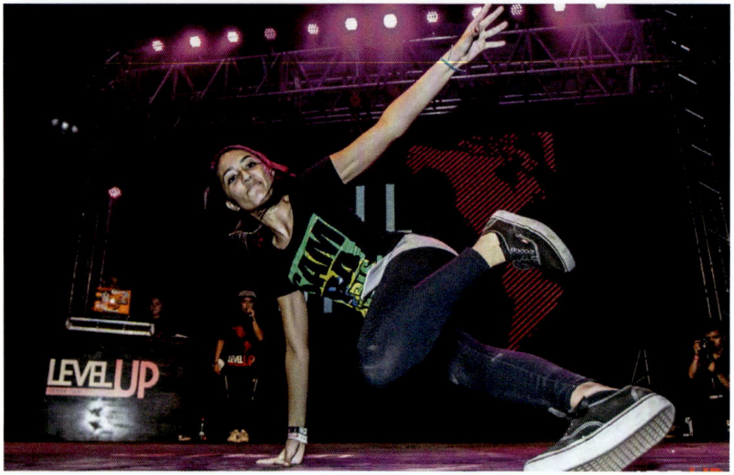
LEVEL UP
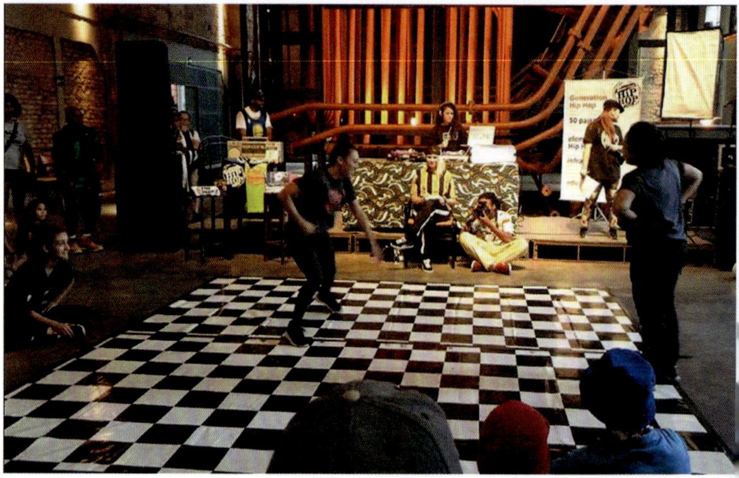

125

126

127

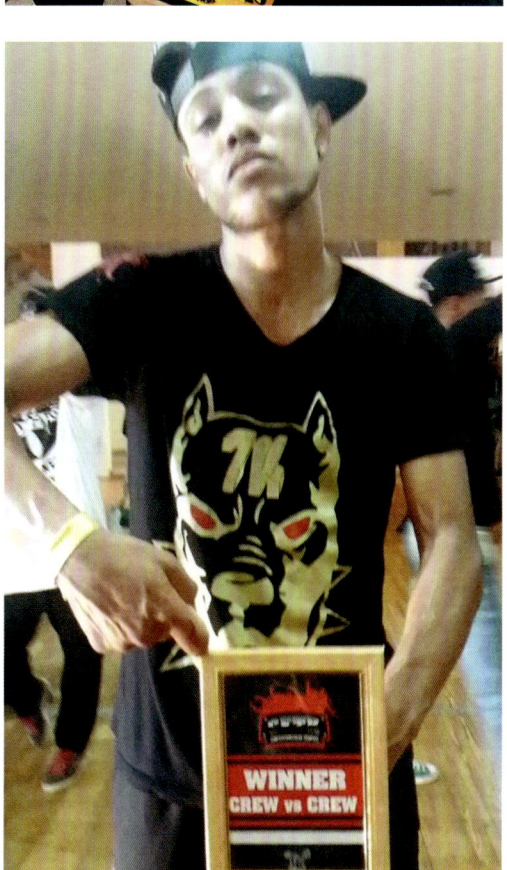

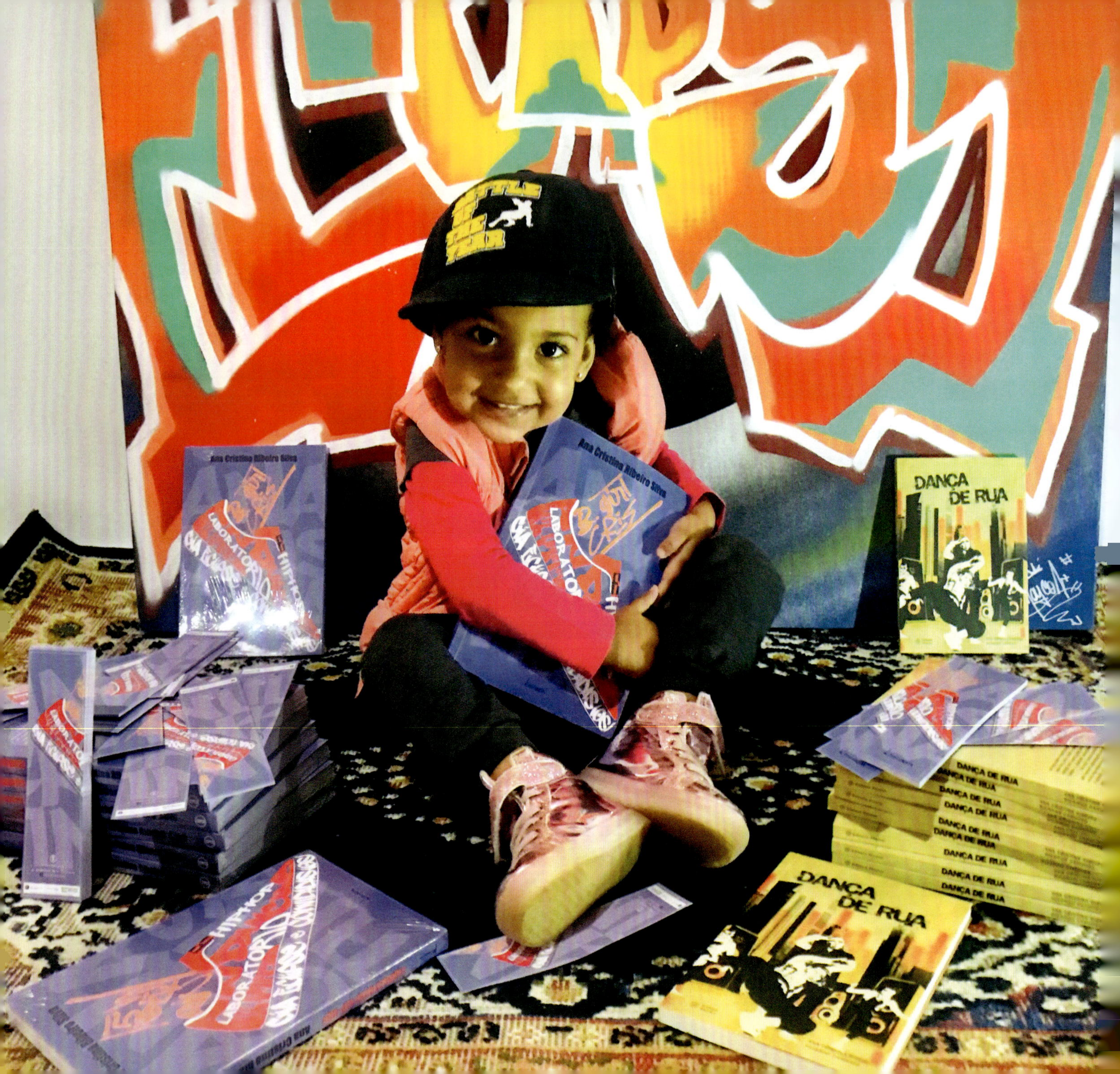
Ana Cristina Ribeiro Silva
DANÇA DE RUA

Cap. 7
Ch.

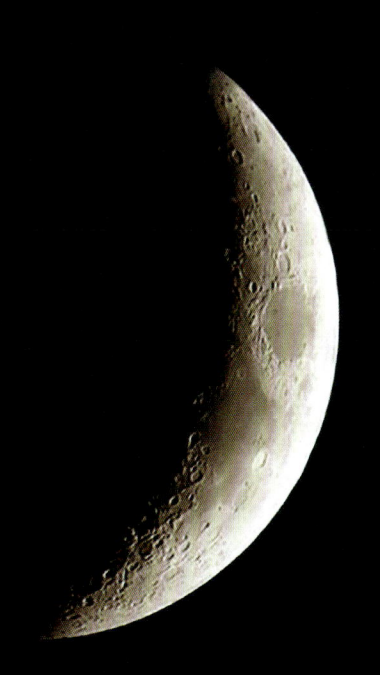

E
Estudo
*to L**E**arn*

Lua Minguante
Foto: Moonglow Jewlery

Estudo

*"Quebrar correntes, plantar sementes,
representar gente da gente!"*
Negra Li

#ensinoaprendizagem

Aqui temos a tarefa de unir em harmonia os conhecimentos de todos os capítulos, resultando em sabedoria, através da transmissão de experiências com ações de capacitação e formação, *workshops*, cursos, aulas, livros, pesquisas...

Assim, a atuação #MestreDiscípulo/#EnsinoAprendizagem, se tornam mediadores entre o corpo e o espírito para nutrir e manter a vitalidade com o amor incondicional, a compaixão, unicidade, empatia, esperança, confiança, entrega, aceitação, inspiração, compaixão e a habilidade de dizer "sim" para a vida.

Dois grandes marcos neste capítulo: os livros *Dança de Rua*, de 2011 e *Laboratório Hip-Hop*, de 2021.

to L**E**arn

"Breaking chains, planting seeds,
representing our people!"
Negra Li

#teachinglearn

Here we have the task of harmoniously uniting the knowledge of all the chapters, resulting in wisdom, through the transmission of experiences with training and empower actions, workshops, courses, classes, books, research...

Thus, the performance #MasterDiciple/#TeachingLearning, become mediators between the body and the spirit to nourish and maintain vitality with unconditional love, compassion, uniqueness, empathy, hope, trust, given, acceptance, inspiration, compassion and ability to say "yes" to life.

Two major milestones in this chapter: the books Dança de Rua, *from 2011 and* Laboratório Hip-Hop, *from 2021.*

**CURSO DE EXTENSÃO UNIVERSITÁRIA
DANÇAS URBANAS**
48H PRESENCIAL
INÍCIO EM MARÇO
CERTIFICADO Extecamp Unicamp
(PRÉ REQUISITO: ENSINO MÉDIO)

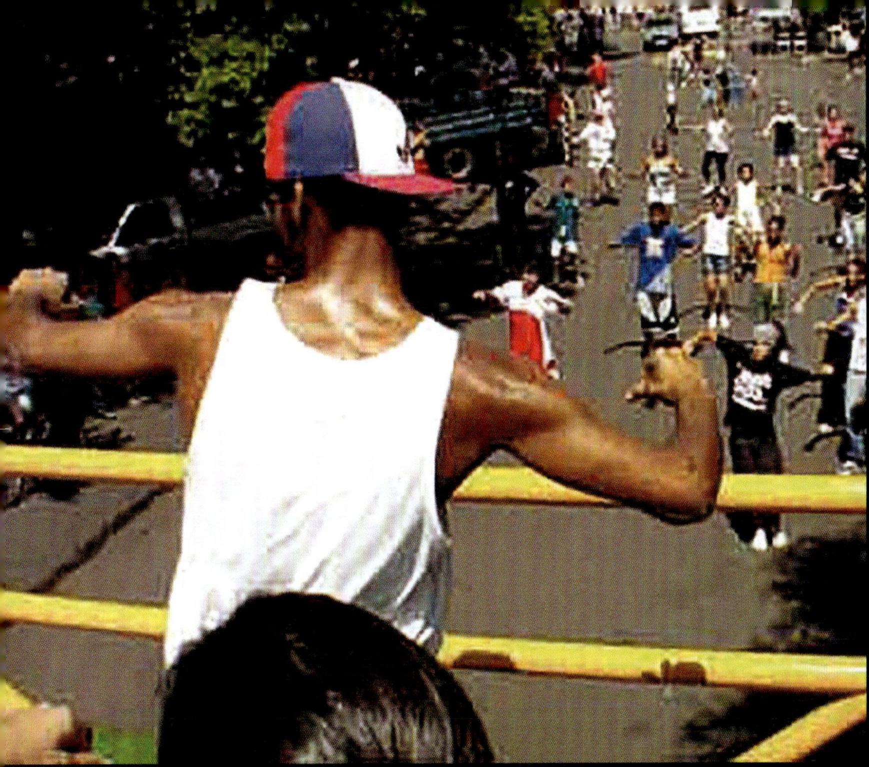

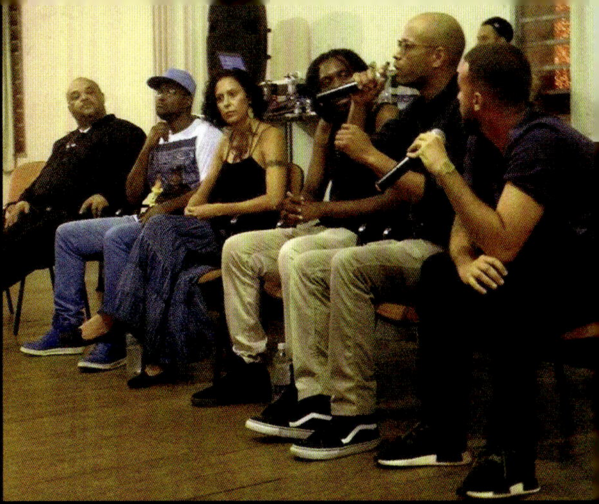

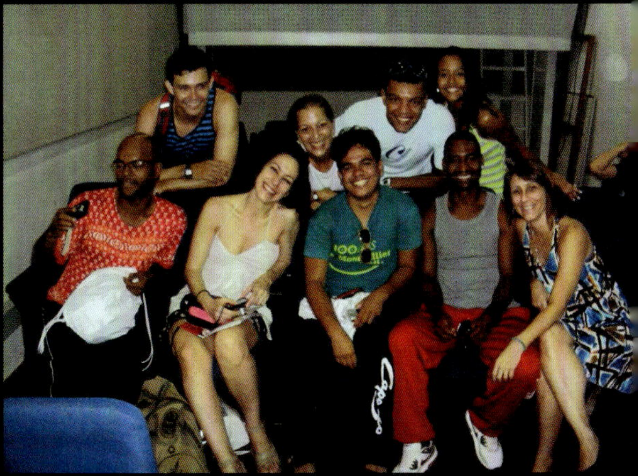

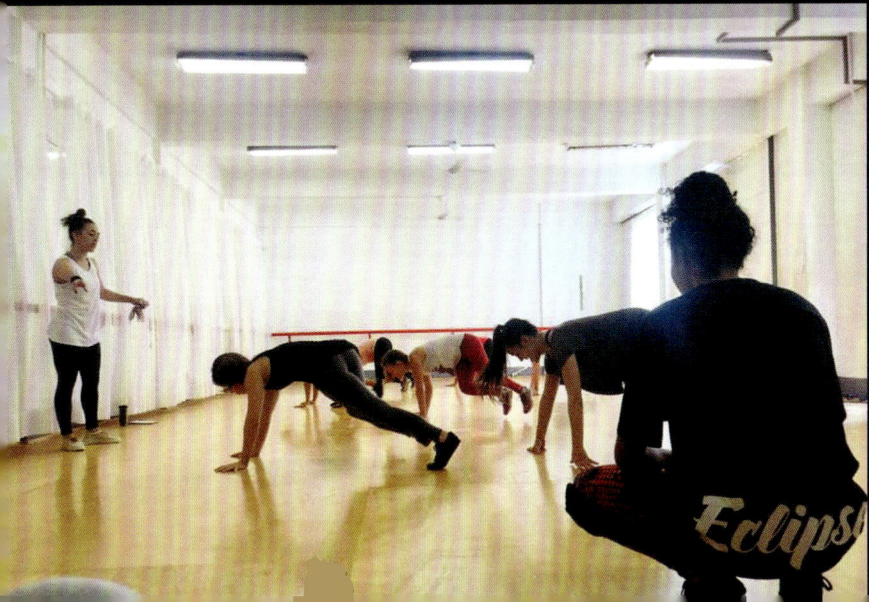
Eclips

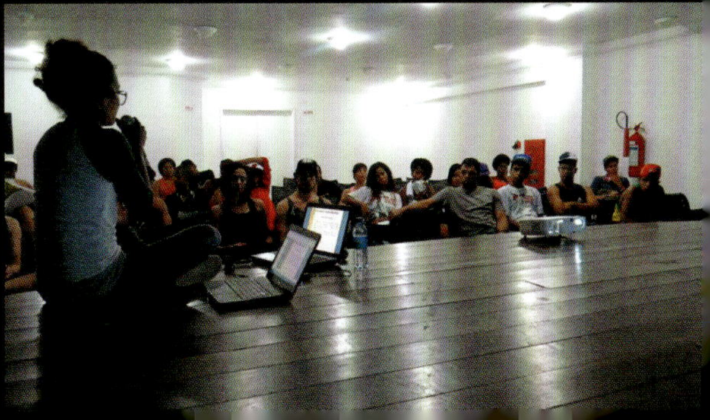

134

135

136

ECLIPSE

FACULTY
NYU DENTAL
PRACTICES
NYU
Medical
Center
NEW YORK UNIVERSITY
HEALTH CENTER
MEDICAL OFFICES

NYU
NYUBookstore

138

139

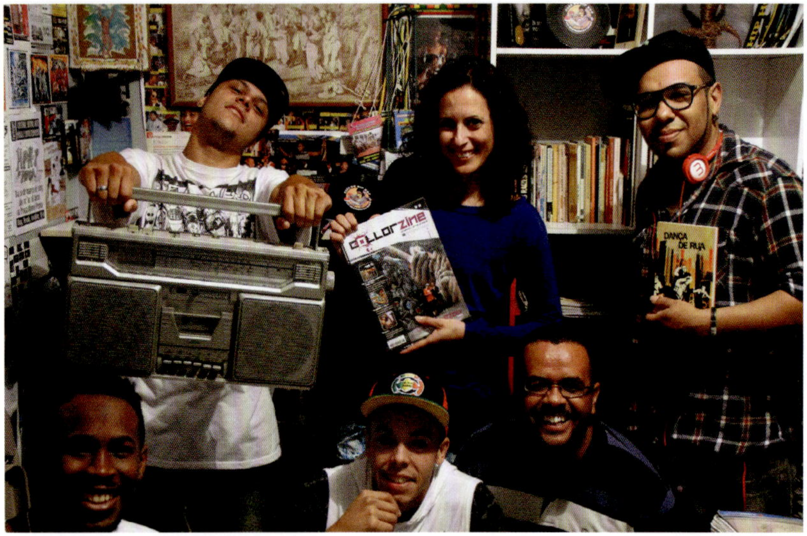
DANÇA
DE RUA

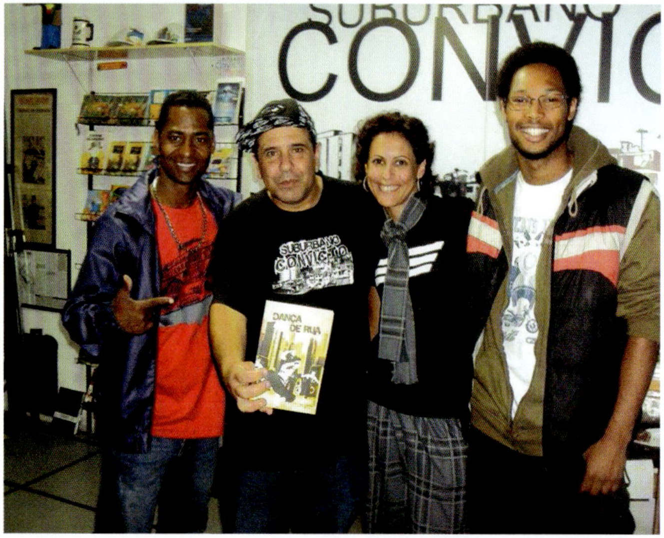
DANÇA
DE RUA

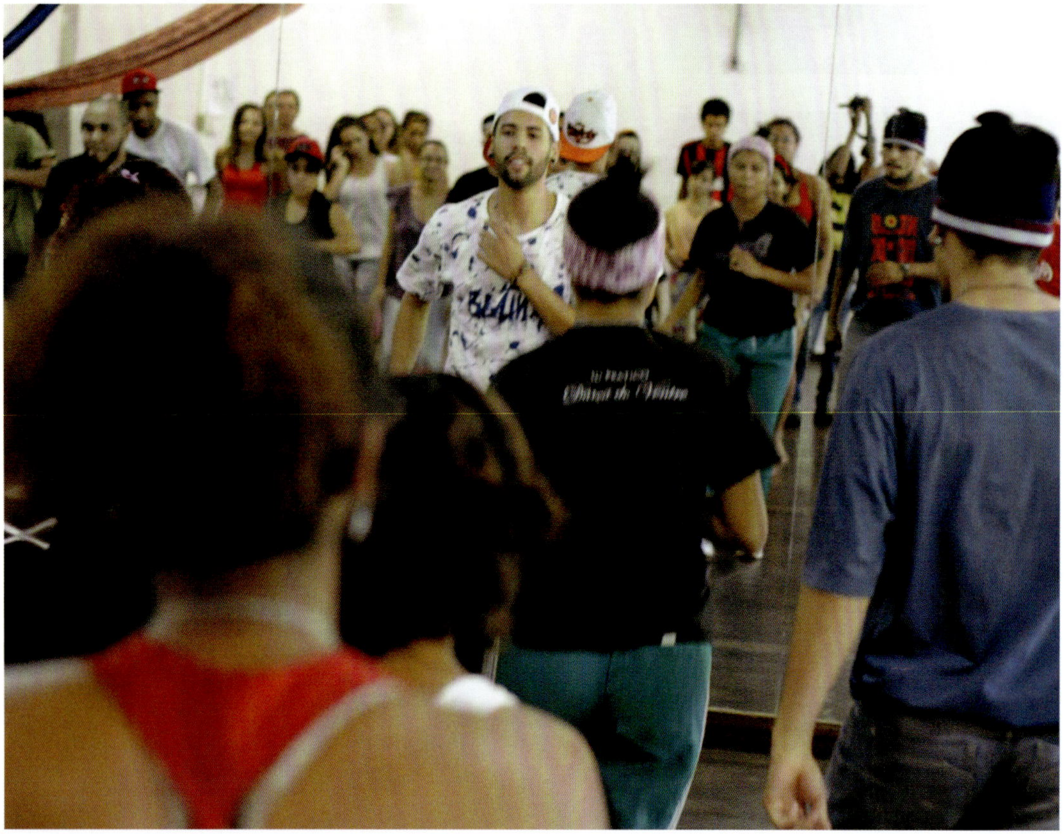

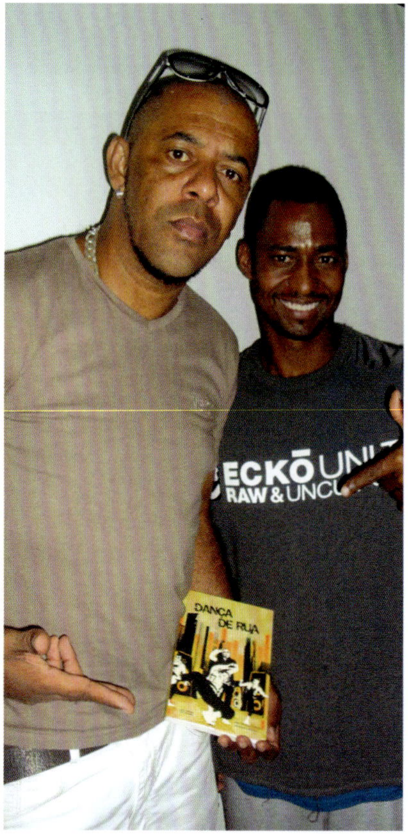
DANÇA
DE RUA

VÍDEO AULAS

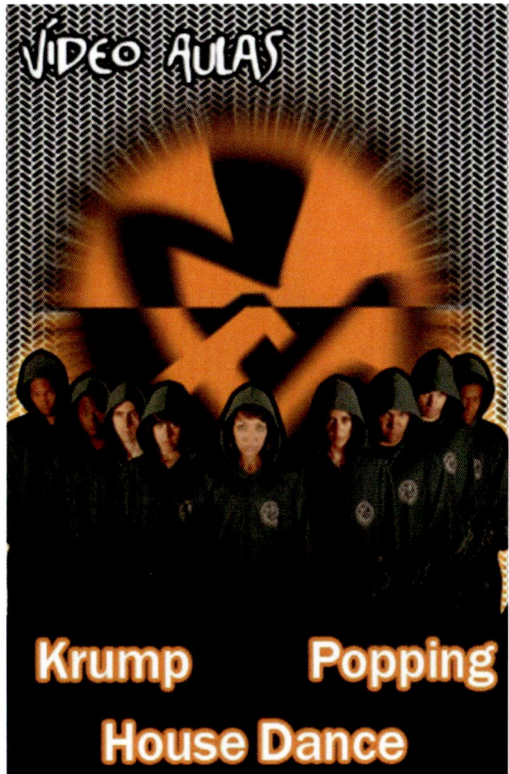

Krump   Popping
House Dance

Pós Graduação
Home > Pós-Graduação detalhe dos cursos
Graduação
Institucional
Vestibular
METROCAMP
Danças Urbanas
INTERIOR: ATITUDE
S GRANDE SUCESSO
ESULTADOS POSITIVOS
M DIVERSAS REGIÕES DO
AÍS, AGORA EM CAMPINAS:
WORKSHOP
BASES CLÁSSICAS
DA DANÇA BREAKING
Infantil,
FUNK
Teen
LOCKING
O movimento
juventude
estilo de se
uma posse
comuns.
se identifi
nos gueto
Dance é
é form
influen
PROGRAMA
LICOR
26 NOV · 19Horas
CONVERSAS SOBRE DANÇA
Cris Eclipse
LICOR
UFU
IARTE
Passo de Arte | Competição Internacional de Dança
WORKSHOPS 17º PASSO DE ARTE
LOCAL: CIAEI - CENTRO INTEGRADO DE APOIO À EDUCAÇÃO DE INDAIATUBA
HIP-HOP DANCE das 11h.15 as 13h.15
coreógrafo de hip-hop dance, diretor e coreógrafo da Cia. Street
Meeting Hip-hop de Valinhos, representou o Brasil no campeonato Miami (2002) e Los Angeles (2005).
KRUMP das 13h.15 as 15h.30
educação física é professor e coreógrafo da Cia. Eclipse cultura e
um dos idealizadores do Campinas Street Dance Festival.
originou em 1992, mais precisamente no bairro de South
Central na Califórnia.
é apresentado em competições. Sua característica é ser
físico entre os dançarinos em movimentos
TERÇA
DIA 14/07
20H
PAPO DE COREÓGRAFO
Cris Eclipse
@ciaeclipse
APRESENTAÇÃO
SEMANA DAS DANÇAS URBANAS
Artista Confirmada
Prof. Ms. Cris Ribeiro
Mesa: "O contexto e a permanência da mulher
O que você pensa das
Práticas de Formação?
Capa do Livro Hip Hop de Ana Cristina
HIPHOP
DANÇA
LABORATÓRIO
ARTE · EDUCAÇÃO
BATALHA
CIA ECLIPSE E CONVIDADAS
Dança
Bate-papo
Laboratório Hip-Hop: Arte, Educação e Batalha
Bate-papo sobre o livro "Laboratório Hip-Hop: Arte, Educação e Batalha" com Ana Cristina Ribeiro e Fabiana Balduína. Mediação de Fran Manson No livro, a dançarina, pesquisadora e educadora Ana Cristina Ribeiro Silva (B.girl Cris), nos conduz pelo universo da Dança de Rua, abrindo espaços também para
WORKSHOP
MULHERES
Juh Borges
House Dance
Paloma
Aula de RITMOS
HIP HOP Infantil
Segunda
18:30 as 19:30
RITMOS
Segunda e Quarta
20h as 21h
11-NOVEMBRO-2017

domingo
28/02
15h às 18h
Barão Geraldo
Campinas
DANCEHALL DAY
COM
HIAGO RAMOS
DIA
HIP STREET INTERNATIONAL SCHOOL
APRESENTA:
GUS BEMBERY
BENÊ BLACK
KICO BROWNN
GUIU
DIÁLOGO ENTRE CORPOS: TENSÕES E PROVOCAÇÕES NAS DANÇAS DE RUA/URBANAS
Tema Nacional: "Apagamentos ou Inovações: processos históricos e criativos nas DANÇAS DE RUA/URBANAS"
CONVIDADES:
Ana Preta, Curitiba, PR
Gandhi, Manaus. AM
Henrique Bianchini, São Paulo, SP
Cris Eclipse, Campinas, SP
SÁBADO 21 DE NOVEMBRO 2020
DAS 9 ÀS 11 HORAS
gratuito. Acesso via Google Meet pelo
google.com/xmx-pvqp-mgg
O Ministério da Cultura, por meio da Secretaria da Diversidade Cultural, reconhece o coletivo/entidade
Família Eclipse
como Ponto de Cultura a partir dos critérios estabelecidos na Lei Cultura Viva (13.018/2014).
Este certificado comprova que a iniciativa desenvolve e articula atividades culturais em sua comunidade, e contribui para o acesso, a proteção e a promoção dos direitos, da cidadania e da diversidade cultural no Brasil.
Cultura Viva
8º Congresso da abrace
Ciranda
DANÇA DE RUA
Apresentação, vivência e bat
Dança de Rua direcionada às
Com Cia. Eclipse de Dança.
Dia 7. Espaço Arena.
DEU A LOUCA NA CINDERELA
A madrasta Frieda lidera uma aliança de malfeitores para dominar o mundo dos contos de fadas, mas Cinderela vai impedir seus planos liderando um grupo de rebeldes.
Teatro SESC.
LE CIRQUE MAGIQUE
Com a Cia. dos Arlequins. Em cena, um circo cheio de grandes atrações: palhaços, mágicos, trapezistas, atirador de facas, magníficos malabaristas, o sensacional balde equilibrista, o domador de leões, o tecido flutuador, a mala mágica, o incrível homem-bala, os acrobatas, as mãozinhas
Gra e Produção Cultural
Artur Santoro
Cris Ribeiro
onvidados
28/Nov
William Anibot
30/Nov
Marina Vieira
6/07/2011
BATALHAS DE DANÇAS URBANAS
ATIVIDADES GRATUITAS, VENHA ASSISTIR, PARTICIPAR E SE DIVERTIR!!!
Popping 1x1
Locking 1x1
Hip Hop Dance 2x2
de Extensão Universitária: Danças Urbanas
Terreno de Confabulações
Cristina Ribeiro
SET

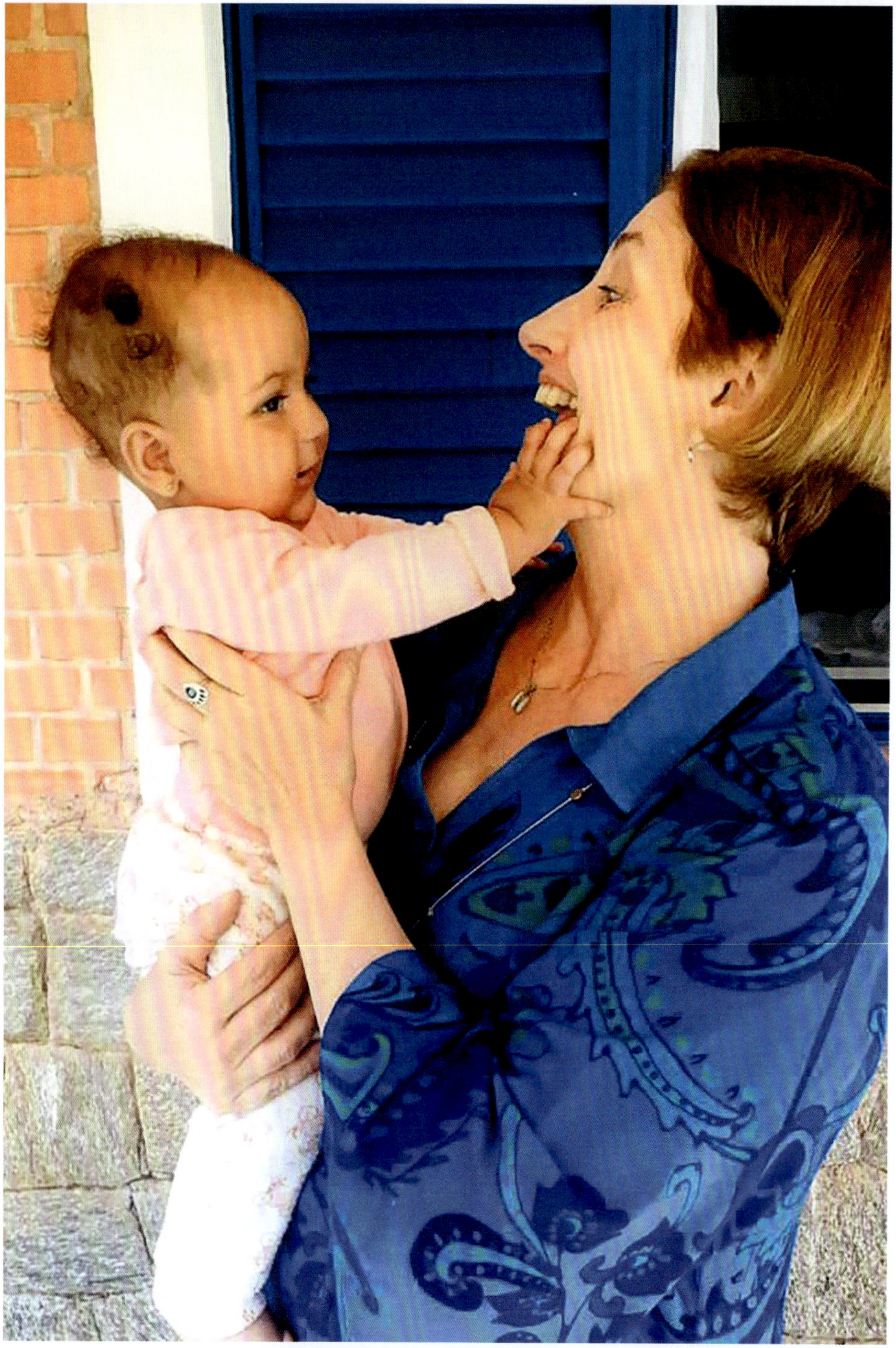

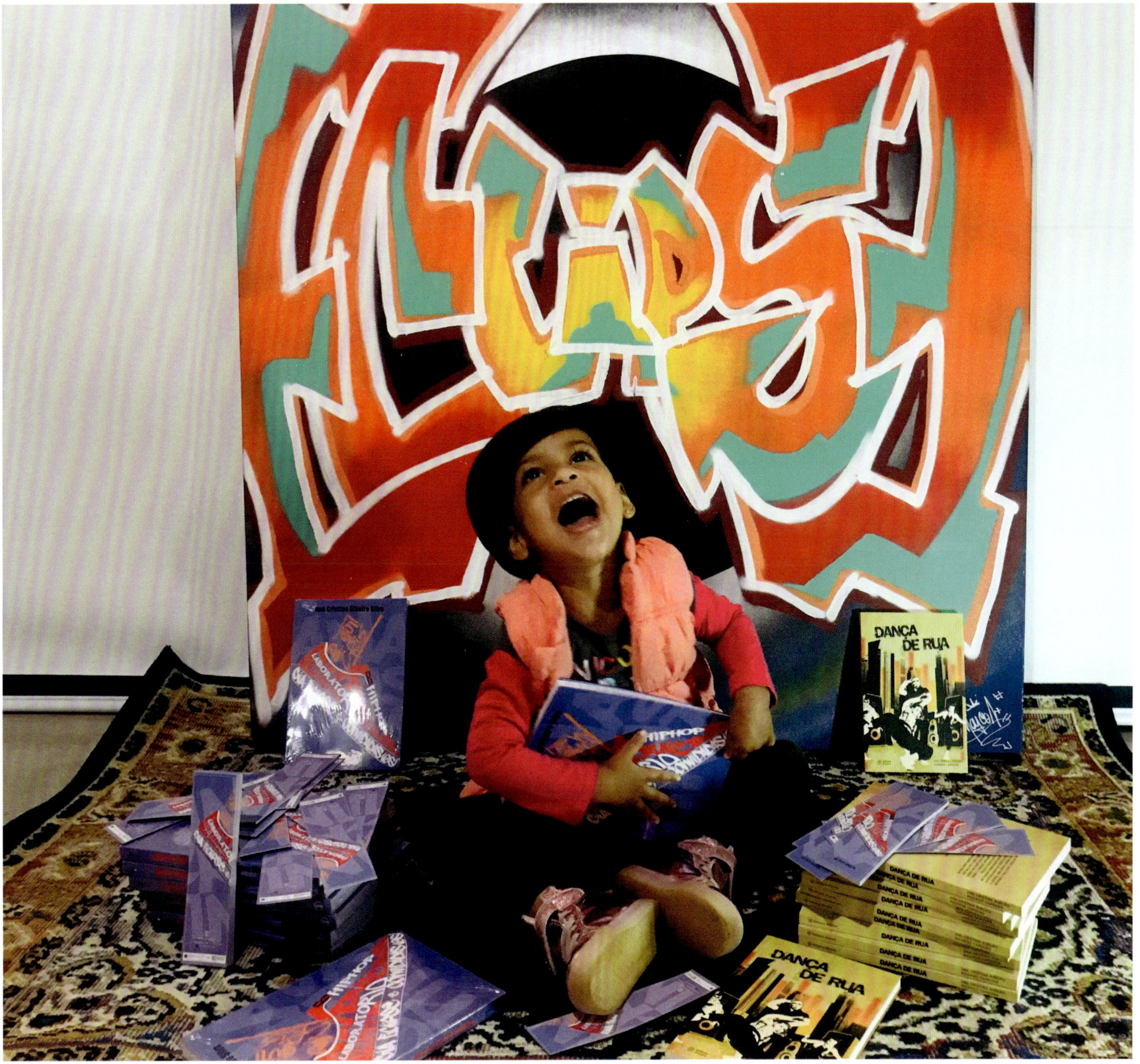
DANÇA DE RUA
DANÇA DE RUA

Agradecimentos

Our Thanks To

Gratidão

#gratidão #famíliaeclipse #famíliahiphop

Todo nosso carinho e agradecimento as/os fotógrafas/os que como diz Mario Quintana "tem a mesma função do poeta: eternizar o momento que passa".

Honra e memória aos nossos ancestrais, obrigado por nos guiar até aqui.

Obrigado a todos as famílias que nutrem a árvore da Família Eclipse. As famílias que brotam por acaso, em um solo pouco fértil. As famílias planejadas, plantadas desde a primeira semente. Famílias felizes, que alimentam a vida de amor, com a sombra aconchegante e protetora!

Gratidão a toda equipe que construiu esta obra artística, texto, revisão, tradução, editoração. Foi um trabalho feito por muitas mãos. Obrigado.

Nosso muito obrigado aos artistas da criação e designer dos nossos materiais gráficos, peças publicitárias, roupas, entre outros que estiveram e estão conosco nesta jornada.

Nosso muito obrigado a cada pessoa que compõe as imagens deste livro, vocês são folhas e flores da nossa grande árvore: artistas, amigos, familiares, alunos, técnicos, empresas e parceiros.

#tamojunto #enoiz

Gratitude

#gratitude # familyeclipse # familyhiphop

All our affection and gratitude to the photographers / those who, as Mario Quintana says, "has the same function as the poet: to perpetuate the passing moment".

Honor and memory to our ancestors, thank you for guiding us here.

Thanks to all the families who nurture the Eclipse Family tree. Families that sprout by chance, in an infertile soil. Planned families, planted from the first seed. Happy families, who feed the life of love, with a warm and protective shade!

Thanks to the entire team that built this artwork, text, proofreading, translation, editing. It was a job done by many hands. Thanks.

Many thanks to the creative artists and designers of our graphic materials, public pieces, clothing, among others who were and are with us on this journey.

Our thanks to each person who composes the images in this book, you are the leaves and flowers of our great tree: artists, friends, family, students, technicians, companies and partners.

#tamojoint #noiz

Créditos

Fotógrafos
Adriano Pacelli
Fernanda Sunega
Gustavo Brito
Jean Furquim
Julio Cesar (Gaghonez)
Jurssa Santos
Marina Armbrust
Samuel Lorenzetti
The Sarara
Rudi Silva
Fotos de arquivo pessoal

Fotos nos eventos
Battle Of The Year International (2008 a 2019)
Brazil Up 2015
Circuito SESC de Artes
EBS Brazil 2015
ENCUT – Festival Internacional de Taubaté 2013
Hip Hop International 2010, 2013, 2014 e 2015
Illest Battle 2018 - França
Juste Debout 2013
Level Up 2014 e 2015
LL THE WALL 1.5 2014
Step Ya Game Up 2012
Street Kingdom in Brazil 2014
Street Style Lab 2014 e 2019
Wall to Wall 2013
VIII Encontro Paulista de Hip Hop 2014

Fizemos todos os esforços para identificar e dar os devidos créditos aos profissionais envolvidos. Caso identifique alguma informação ausente ou equivocada, pedimos a gentileza de contatar a editora através do e-mail: nois@literarua.com.br, para realizarmos a retificação em nosso site e em futuras edições.

Credits

Photographers

Adriano Pacelli
Fernanda Sunega
Gustavo Brito
Jean Furquim
Julio Cesar (Gaghonez)
Jurssa Santos
Marina Armbrust
Samuel Lorenzetti
The Sarara
Rudi Silva

Personal archive photos

Photos at the events

Battle Of The Year International (2008 a 2019)
Brazil Up 2015
Circuito SESC de Artes
EBS Brazil 2015
ENCUT – Festival Internacional de Taubaté 2013
Hip Hop International 2010, 2013, 2014 e 2015
Illest Battle 2018 - França
Juste Debout 2013
Level Up 2014 e 2015
LL THE WALL 1.5 2014
Step Ya Game Up 2012
Street Kingdom in Brazil 2014
Street Style Lab 2014 e 2019
Wall to Wall 2013
VIII Encontro Paulista de Hip Hop 2014

We made every effort to identify and give due credit to the professionals involved. If you identify any missing or wrong information, we kindly ask the editor to contact the publisher via e-mail: nois@literarua.com.br, so that we can make the correction on our website and in future editions.

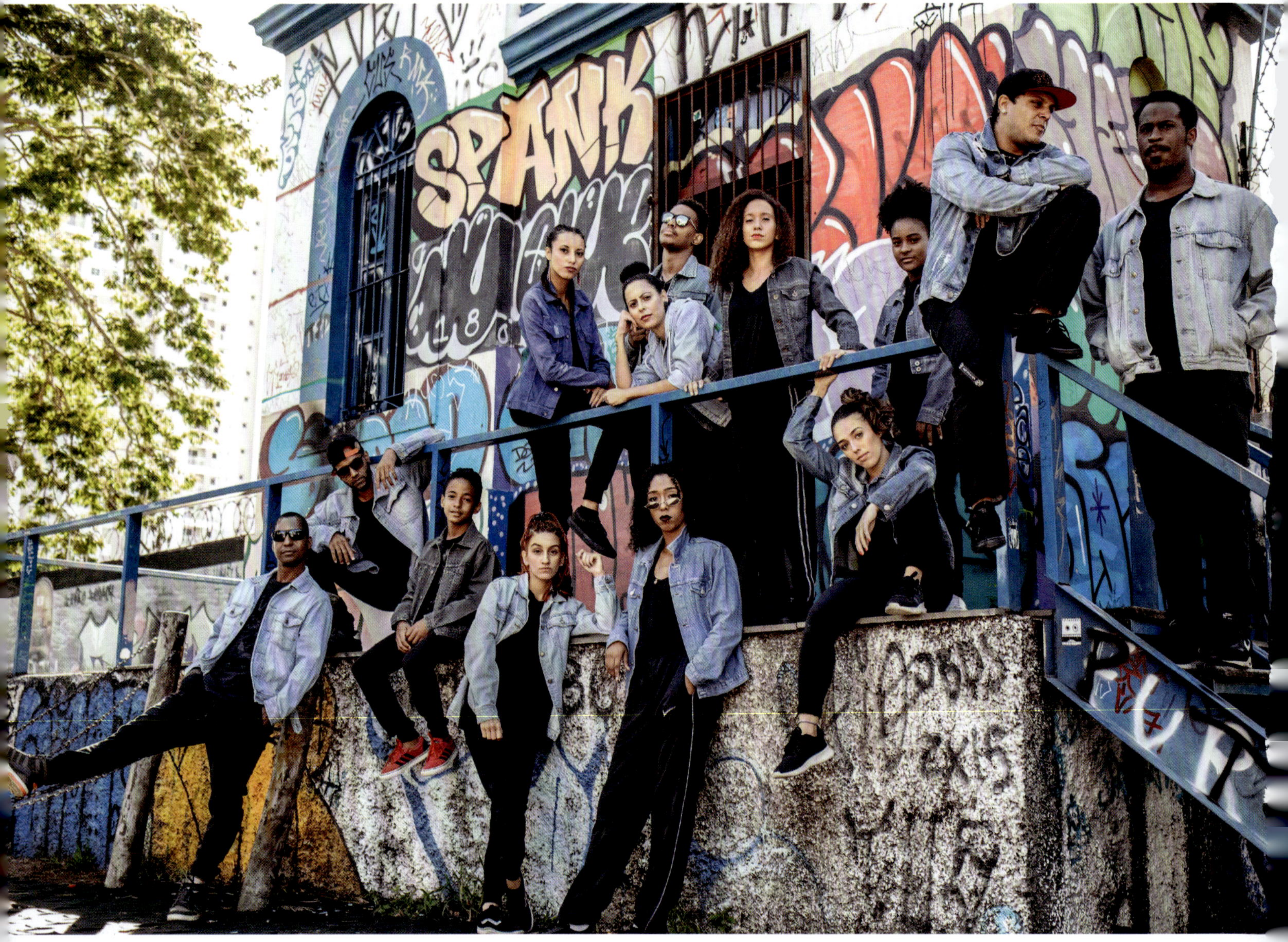
SPANK